Das Buch

Er ist Autor und in Kürze auch Hotelerbe. Für letzteres ist vor allem eine ausgeprägte Schwäche für reifere Damen mit Gewichtsproblemen verantwortlich. Max Sturm ist Ende dreißig. Und alt genug, um zu wissen, dass „Freund" nicht das bloße Gegenteil von Feind bedeutet. Na ja, zumindest sollte er das wissen, denn ausgerechnet seine beiden besten Freunde wollen, dass er mit einer 60-jährigen Bankerin schläft. Und weil die Karten am Spieltisch des Lebens in aller Regel gezinkt sind, wäre da noch ein Blind Date, mit dem irgendwas nicht stimmt und ein verschwitzter, dicker Fremder, der im Verdacht steht, den Dreien die einzige und vielleicht letzte Chance auf eine unbekümmerte Zukunft zu versauen.

Eine schräge Story über drei Künstler,
die Geld brauchen und Sex bekommen.

Der Autor

Oliver Kukulka wurde am 28. August 1969 in einer rauen Vollmondnacht geboren. Na ja, eigentlich war es an einem sonnigen Nachmittag vor einer ganz normalen Vollmondnacht. Er lebt · je nachdem, wie es die gegebenen Umstände zulassen · mal mehr, mal weniger glücklich im südlichen Teil Deutschlands und verarbeitet bis heute seine eher unfreiwillige Geburt.
Eine abgebrochene plus eine erstaunlicherweise beendete Ausbildung, ein Schauspielstudium, diverse Jobs, nervige Mitmenschen und als ob das alles noch nicht genug wäre, auch noch die eine oder andere unlöschbare Begegnung mit der Frau an sich, bereiteten letztendlich den Humus für eine gepeinigte Künstlerseele. Er erinnert stets gern daran, dass ein gewisser Johann Wolfgang von Goethe ebenfalls am 28. August geboren wurde. Dass Jack Black, ein zu Übergewicht neigender amerikanischer Schauspieler, nicht nur am gleichen Tag, sondern auch noch im gleichen Jahr wie Herr K. geboren wurde, verschweigt er hingegen lieber. Mit der IRA-Bombe in Brüssel, genau 10 Jahre später, hatte er allerdings nichts zu tun. Das schwört er.

Oliver Kukulka

Max Sturm

Roman

ACABUS Verlag

Kukulka, Oliver: Max Sturm, Hamburg, ACABUS Verlag 2008

Originalausgabe

ISBN: 978-3-941404-96-0
Umschlagmotiv: D. O. Hennig, Berlin

Der ACABUS® Verlag ist ein Imprint der Diplomica Verlag
GmbH,
Hermannstal 119k, 22119 Hamburg.

Bibliografische Information der Deutschen Bibliothek
Die Deutsche Bibliothek verzeichnet diese Publikation in der
Deutschen Nationalbibliografie;
detaillierte bibliografische Daten sind im Internet über
<http://dnb.ddb.de> abrufbar.

Printed in Germany

Für Nanook.

„Unnatürlich am Sex ist nur,
wenn man keinen hat.
Alles was danach kommt,
ist lediglich eine Frage
von Gelegenheit und Vorlieben!"

SIGMUND FREUD

WARUM ILSE?

Mein Name ist Maximilian Sturm. Ich bin Ende Dreißig und Autor für ein Männer-Magazin. Von Letzterem kann ich sogar leben, was nicht nur mich wundert. Für meinen Roman über eine vollkommen vergeigte Liebesbeziehung will mir nämlich niemand was bezahlen. Meine ganz persönliche Vergangenheitsbewältigung, von der die Welt niemals erfahren wird. Eine Liebe übrigens, die darin Beschreibung findet, dass der Apostel und bekennende Frauenfeind Paulus deren Ende sicher so kommentiert hätte: „Willst ´n Taschentuch, du Trottel? Was hast du denn erwartet?"

So ähnlich hat dann auch ein Lektor reagiert, als er mich wissen ließ, dass die Story keine Sau lesen will. Zu viele Klischees und so. Kann ich zwar nachvollziehen, das Problem ist aber: Mein Leben ist ein Klischee. Ich verbringe mehr Zeit in meinem Lieblings-Café als zu Hause. Die Summe meiner abgelehnten Manuskripte ist rekordverdächtig und meine besten Texte schreibe ich, wenn ich so richtig scheiße drauf bin.

Positives Denken ist für mich ohnehin eher eine Empfehlung. Ich geh da meist wissenschaftlich ran und stelle erst einmal in Frage. Diese ganze „Man soll jeden Tag genießen"- Scheiße geht mir so auf den Sack! Als ob es im normalen Alltag irgendwas zu jauchzen gäbe. Sei es nun das Wetter, die Nachbarn oder, dass ein Pfeffersteak inzwischen 20 Euro kostet. Aber spätestens, wenn man sich durch ein Motorola-Handy-Menü arbeiten muss, ist die Laune im Arsch.

Das Beste ist noch mein Sex-Leben. Welches mir, noch ein Klischee, tagtäglich von wohlmeinenden, reiferen Damen versüßt wird. Was wiederum einer der Gründe ist, weswegen ich gerade auf dem Weg zu einer Testamentseröffnung bin. Will sagen, ich befand mich vor Längerem in einer mehrjährigen rein sexuellen Interessengemeinschaft mit einer 56-Jährigen. Ich war damals 28. Und dem Anschein nach hinterließ ich einen bleibenden Eindruck, denn Ilse, so hieß die Dame, hat den Löffel abgegeben und mich in den Kreis ihrer Erben gewählt. Keine Ahnung, was dabei rumkommt, denn in der Zeit, in der ich mit Ilse zugange war, lebte sie zwar in guten Verhältnissen, man könnte diese aber durchaus noch im normalen Rahmen wähnen. Sie besaß einen kleinen Antiquitäten-Laden und außerdem ein irre bequemes Bett in einer gemütlichen kleinen 2 – Zimmer - Eigentumswohnung in Heidelberg. Und wenn der Neckar Hochwasser hatte, dann sogar mit Seeblick. Kinder hatte Ilse keine. Bleibt also abzuwarten, wer da noch zum Kreise der Begünstigten zählt. Da der große Wurf in meinem Leben aber einfach nicht stattzufinden scheint, wäre ich kein bisschen überrascht, wenn mir Ilse der alten Zeiten wegen lediglich eine

Sammlung Bettlaken vermacht hätte. Letztlich war es nun mal auch das, was uns am stärksten verband: Flecken auf Laken machen.

Die Sekretärin führt mich in das Zimmer des Notars und weist mir, mit der Hand auf einen Stuhl deutend, höflich einen Platz an. Einer von drei Stühlen, die gegenüber eines mahagonifarbenen Schreibtisches stehen. Mein Blick wandert über den kackbraunen Teppichboden hin zu der stark im Wunsch-des-Freitod-auslösenden-Bereichs liegenden Wandtapete. Wieder am Schreibtisch angekommen bleiben meine Augen auf der Rückseite mehrerer Bilderrahmen hängen. Ich beuge mich ein wenig nach vorne, um die Bilder betrachten zu können. Familienfotos. Die Frau Gemahlin offenbar, brünett, die Bluse für's Portrait extra steif gebügelt, ganz nettes Lächeln eigentlich, sieht aus, als könnte sie richtig guten Kuchen backen. Die Kinder, zwei an der Zahl, ein Mädchen, blond, Zahnspange, geschätztes Alter 12. Der Junge, auch blond, bräuchte dringend eine Zahnspange, geschätztes Alter egal, weil definitiv ein Arschlochkind. Ach ja, Kinder! Die Ab- und Zukünftigen einer Gesellschaft, die es später einmal besser und von allem mehr haben sollen, bessere Folterinstrumente, bessere Vernichtungsmittel, bessere Ausbeutungsverhältnisse; mehr Hass, mehr Gier etc. - Kinder halt.

Draußen höre ich Stimmen und bringe mich zack, zack wieder in eine aufrechte Position. Die eine Stimme kenne ich, die der Sekretärin. Die andere auch. Moment mal, die andere auch?! Ich kann es nicht glauben, wen mir die Schreibtisch-Tussi da höflich einen Stuhl bedeutend zur Seite setzt! Mickey! Mickey Mittermaier! Einer meiner zwei besten Freunde! Und gerade als mein Sprachzentrum sich vom ersten fassungslosen Erstaunen erholt hat und bereit ist, vom Gehirn wieder Befehle entgegenzunehmen, steht schon der Nächste in der Tür. Tom. Tom Wunderbar. Ja, der heißt echt so und man glaube mir, der Name ist Programm. Tom, der Freund, der das Trio komplett macht, kommt ins Zimmer. Leider aber nicht ohne die nervige Sekretärin, die ihm höflich mit der rechten Hand den letzten freien Stuhl bedeutet. Verdammt noch mal, du hohle Nuss, es ist doch bloß noch ein Stuhl frei! Wohin soll er sich denn sonst setzen???

»Wie? ... hä? ... WAS???« schießt es, meinen beiden „Freunden" zugewendet, aus mir heraus.

»Was ... was ... macht ihr denn bitte hier???«

Darauf die beiden nicht weniger überrascht:

»Na, äh ... also, das könnte ich dich ja wohl auch fragen!« sagte Mickey.

»Und dich könnte ich das auch fragen, Tom!«

Darauf Tom zu Mickey:

»Ach! Und du? Beziehungsweise ihr beide! Was macht ihr denn bitte hier?«

Darauf wieder ich:

»Ok, ok, ok, Jungs, um das Ganze hier abzukürzen: Offenbar wissen wir alle drei nicht, weshalb wir hier sind. Obwohl, also ich weiß eigentlich schon, warum ich hier bin. Ich hab mit ihr gebumst, ok? Und was habt ihr für sie getan?«

Beide schlucken heftig und sehen sich gegenseitig an, wobei sich ihre Gesichtsfarbe langsam dem Mahagoni-Ton des Schreibtisches angleicht. Und da, man könnte sagen endlich, fällt es mir wie Schuppen von den Augen:

»Ihr habt auch mit der Ilse? … also, ich meine … ihr habt die auch … alle beide? … und keiner hat's vom jeweils anderen gewusst? … tzzz!«

Ich fasse es nicht. Da sitzen wir nun. Wie die Vögel auf den Stangen. Oder besser die Vögler mit den Stangen. Die drei Stecher vor dem Herrn. Ich schau die beiden an und kann immer nur wieder sagen: Tzzz!

Inzwischen ist der Herr Notar erschienen, stellt sich vor, überprüft unsere Identitäten und legt los:

»Kraft meines Amtes begrüße ich die hier Anwesenden …«

… Ho ho ho … jetzt mal ganz lässig, Mr. Kraft Eures Amtes! Also heiraten will ich die beiden nicht, ok? …

»… zur Testamentseröffnung der leider verstorbenen Frau Ilse Bachmann. Mir liegt ein persönliches und notariell beglaubigtes Testament von Frau Bachmann vor, welches …«

… Ich sehe zu Mickey und Tom und kann immer wieder nur denken: Tzzz! …

… »ich Ihnen, sehr verehrte Herren, nun vorlesen werde:

Ich, Ilse Bachmann, wohnhaft im Bycanderweg 12, Heidelberg, vermache mein nachfolgend genanntes Eigentum nach meinem Tode zu gleichen Teilen an die Herren Maximilian Sturm, Thomas Wunderbar und Michael Mittermaier …«

… na, wenigstens stand mein Name an erster Stelle!

… »*Bei dem zu vererbenden Eigentum handelt es sich wie folgt um:*

1. Hotelgebäude incl. Grundstück, Chopingasse 28, Heidelberg

2. Mein gesamtes Barvermögen.«

Darauf folgte noch ein wenig blabla, dass lediglich der komplette Hausrat ihrer Wohnung veräußert werden und der Ertrag dem Tierschutzbund zukommen solle. Also, wir sind alle drei ziemlich platt. Ein Hotelgebäude. Barvermögen. Das sollte doch wohl nicht tatsächlich mal der große Wurf sein, oder?

Und wie ich mir gerade so lebhaft ausmale, wie die Großen und Ruhmreichen dieser Welt sich in unserem Hotel die Klinke in die Hand geben, dringen seltsam illusionsvernichtende Worte in mein Bewusstsein:

»Nun möchte ich Sie kurz über die Befindlichkeiten des an Sie vererbten Eigentums in Kenntnis setzten …«

… mmh, Befindlichkeiten, Schwachkopf! …

»Das Hotel in der Chopingasse hier in Heidelberg ist ein kleines, leerstehendes Hotel, das dringend renovierungsbedürftig und von daher momentan unbewohnbar ist.«

Das war ja so klar! … dabei fällt mir ein, ich könnte mal wieder einen Blick auf meine beiden Freunde werfen und sehen, wie die das so aufnehmen … tzzz! … also echt, die sitzen einfach da und haben die Ilse gebumst … ich glaub´, ich spinne … vor allem verstehe ich überhaupt nicht, warum! Mickey ist arbeitslo-

ser Schauspieler, der sein Geld mit dem Synchronisieren von Pornos und ab und zu mal Taxi fahren verdient, trotzdem nie welches hat, und bei den Frauen,
die ihn unter anderem deswegen ständig verlassen,
handelt es sich immer um blonde 40-kg-leichte Hun-
gerhaken, die vermutlich irgendwo in Südkalifornien
auf von der Regierung geheim gehaltenen Farmen
gezüchtet werden.

Und Tom, ach Tom. Tom Wunderbar. Ich erwähnte ja bereits, der Name ist Programm. Schlimm nur,
dass er sich selbst auch immer so vorstellt: „Guten
Tag, mein Name ist Tom. Tom Wunderbar. Und glauben Sie mir, der Name ist Programm." Es stimmt
zwar hundertprozentig, wenn man „Wunderbar" im
Sinne von „Sonderbar" interpretiert, aber trotzdem
möchte ich ihn immer schlagen, wenn ich dieser Farce
beiwohne. Herr Wunderbar ist Musiker. Zugegeben
ein genialer. Allerdings ist er damit genauso erfolglos
wie Mickey und ich zusammen. Deshalb verdient er
sein Geld bei einer Begleitagentur. Will heißen, er
wird von gutbetuchten, meist älteren Damen dafür
bezahlt, dass er sie ordentlich durchkachelt.

Eigentlich wäre das der ideale Job für mich, denn
im Grunde genommen ist sein Klientel genau mein
Beuteschema. Nur, dass ich von meinen Eroberungen
nicht bezahlt werde. Ginge auch schlecht, denn ich
habe seltsamerweise einen ausgeprägten Hang zur
Arbeiterklasse. Da war die Bäckerin, die Metzgerin,

und ja, ich sag's lieber gleich, denn es wird ganz sicher noch von meinen Freunden zur Sprache gebracht werden, ich hab's auch schon mit einer Putzfrau getrieben. Ja ja, der eine oder andere mag jetzt angewidert die Nase rümpfen, aber hey, es war ja nicht so, dass sie gerade eine Kloschüssel geputzt hat, als ich es ihr besorgt habe. Das hatte sie vorher schon noch fertig gemacht. Im Übrigen war das definitiv ein Glanzlicht meines ganz und gar nicht alltäglichen Sexlebens! Und wie man aus den Berufen der von mir beglückten Damen schon beinahe schließen kann, ist klar, dass auch Rubens ein großer Fan von ihnen gewesen wäre! Tom und Mickey aber nicht. Tom jammert seit er den Job angetreten hat, wie erniedrigend er das findet, mit diesen „alten Schabracken" zu pennen. Dementsprechend sind seine privaten „Begleiterinnen" natürlich immer unter 30 und ganz, ganz sicher immer unter 50-kg-Lebendgewicht.

ALSO: WARUM ILSE???

Diese Frage schallt in meinem Kopf, pocht in meiner Brust und brennt in meiner Hand. Oh ja, meine Hand! Die möchte sich ein weiteres Mal nur allzu gern als Kontaktmittel im Auftrag meiner Nächstenliebe zur Verfügung stellen. Das wunderbarste Mittel für Kontakte jeglicher Art. Man kann sie zur Faust ballen, einen Stein nach jemandem werfen oder eine Pistole abdrücken. Wundervoll. Man kann sich jetzt natürlich fragen, warum mich das so aufregt. Nun,

Ilse war zwar vielleicht nicht das, was andere als ihre Ex-Freundin bezeichnen würden, aber der phänomenale Sex zwischen uns fand immerhin zwei- bis dreimal wöchentlich über einen Zeitraum von drei Jahren statt. Das ist mehr Sex als andere Leute in einer festen Beziehung haben. UND: Sie wollte mehr als Sex, ich nicht. Will sagen, Ilse hat mich so genommen, wie sie mich gekriegt hat. Und deshalb tun sich jetzt Fragen auf! Z.B.: Wann haben es die beiden mit Ilse getrieben. Wie lange? Wer zuerst? Wer zuletzt? Und: Vor mir? Nach mir? Oder, oh Graus: Zur gleichen Zeit wie ich? Das würde doch gleich mal erhebliche Zweifel darüber aufkommen lassen, wie eine feste Beziehung mit Ilse ausgesehen hätte. Und der dickste Hund ist ja wohl, dass meine beiden Kumpels nur ungern Gelegenheiten auslassen, bei denen sie sich über meinen Hang zu späten Mädchen lustig machen können. Da kann es schon mal sein, dass wir an einem Seniorenheim vorbeifahren und einer der beiden sagt: „Du Max, du sagtest doch neulich, du bräuchtest mal wieder eine Frau. Hier wäre gerade ein Parkplatz frei, wir warten gern ein Stündchen auf dich!" Ich gebe zu, ich hatte mal was mit einer Pflegerin aus diesem Heim. Aber ich schwöre, nur mit der Pflegerin, nicht mit irgendwelchen Insassen …

Nun sitze ich hier mit meinen beiden „Freunden". Nicht das erste Mal, das zeigt, dass es sich bei

„Freund" keinesfalls um das bloße Gegenteil von Feind handelt! Und mir gegenüber der Herr Notar, aus dessen Munde Worte wie „Befindlichkeiten" klingen wie hingekackt und hingeschissen. Ich will hier raus! Und meinen beiden „Kumpels" die Fressen polieren. Und dann will ich wissen, wie das damals genau war. Und zwar genau in dieser Reihenfolge. Ja genau, ich sehe nach links und nach rechts und stelle fest, dass keiner von beiden auch nur ansatzweise mitbekommt, dass in mir gerade die Hölle tobt. Ein Kampf zwischen Gut und Böse. Und die Bösen wollen echt gewinnen. Oh Jungs, wie ihr da so sitzt, diesem konformistischen Beamten-Spacko euer Gehör leiht und so tut, als wäre das alles das Normalste der Welt, oh Gott, ich möchte euch so schlagen! Mit vollster Inbrunst, oh ja, mit Inbrunst! Die bedingungslose Hingabe und das selbstvergessene Aufgehen in einer Tätigkeit, wie etwa der Folterknecht in der Abfolge seiner Schläge oder der Scharfschütze im stetigen Nachladen seiner Waffe. Ja, mit dieser Inbrunst …

… »hinzu kommt, dass Sie ja nicht mit der Verstorbenen verwandt waren, von daher sollten Sie sich mit einem Steuerberater Ihres Vertrauens in Verbindung setzen, der Ihnen die Befindlichkeiten der Erbschaftssteuer näher erläutert …«

… Gott, der quatscht ja immer noch … und wenn der noch einmal „Befindlichkeiten" sagt, bringe ich mich um. Oder ich bringe ihn um. Und dann mich. Oder viel besser, ich bringe ihn und diese beiden Sackratten um und dann geh ich nach Hause und höre drei Tage lang nur Joni Mitchell …

… I looked at clouds from both sides now,
from up and down,
still somehow …

… und wenn ich dann noch nicht an Depressionen eingegangen bin, stürze ich mich vom Balkon. Ja, das scheint mir ein guter Plan, so mach ich's.

Allerdings, bevor ich mich dem Selbstmord – der sensiblen Bekundung einer gewissen Rücksichtnahme auf sich und andere – hingebe, könnte man sich ja mal Plan B anschauen. Vor allem, wenn Plan B Begriffe wie „Hotelgebäude" und „Barvermögen" beinhaltet.

THE LEMON DROP COFFEE SHOP

The Lemon Drop Coffee Shop ist unser zweites Wohnzimmer, das hippste, schickste und originellste Etablissement diesseits und jenseits des Flusses. Und verdient hat es sich dieses Konglomerat an Superlativen durch die schlichte Tatsache, dass es sich hierbei um zwei Lokale in einem handelt. Morgens um 5 Uhr öffnen sich die Pforten des Lemon Drop Coffee Shops, um den Morgenstund-hat-Gold-im-Mund-Fanatikern bei Klassischer Musik und einer reichhaltigen Frühstückskarte den Start in den Tag zu versüßen. Im Laufe eines Tages findet sich hier alles ein, was irgendwie mit New Economy, Hochfinanz und Kunst zu tun hat. Oder Leute, die einfach nur Bock auf einen guten Kaffee haben. Aber das Sensationellste kommt abends: Um Punkt 19.45 Uhr wechseln die Kellner zuerst ihr Outfit, dann die Tischdeko und die Kartenauswahl. Und um Punkt 20.00 Uhr dreht sich das über dem Eingang hängende 3 Meter breite 50er-Jahre-Retro-Emaille-Schild mit der Aufschrift „The Lemon Drop Coffee Shop" automatisch um und kommt mit der Aufschrift „The Lemon Drop Martini Bar" wieder zum Vorschein. So geil, echt. Ich vergleiche das gerne mit Bruce Wayne, der mit einem Chevy in irgendeinen Berg fährt, kurz darin verweilt, um dann höchst lässig als Batman im Batmobil wieder aus der Höhle heraus zu jetten.

Aber zurück zur Martini Bar: Die musikalische Untermalung kommt dann von Francis Albert Sinatra und Kollegen, Ella Fitzgerald, Dizzie Gillespie und dem ganzen bis heute unerreichten Rest der ersten Garde des Jazz. Dazu gibt es von kleinen süßen Leckereien bis hin zum Filetsteak für 30 Euro so einiges, um dem BAföG-gesponserten Studenten bis hin zum Was-kostet-die-Welt-Gourmet was für's Geld zu bieten. Ich liebe diesen Laden, nicht zuletzt, weil die Besitzerin eine gutaussehende-um-die-Fünzigjährige ist, die mich, und das weiß ich aus einer sicheren Quelle, genauso heiß findet, wie ich sie. Der Grund, warum es zwischen uns bis heute zu keiner Kohabitation kam, ist ihr Ex-Ehemann. Ja, ich weiß, Ex klingt doch ganz gut. Aber im Kontext mit Gerüchten, in denen Begriffe wie Mafia, Schutzgelderpressung und geladene Waffen Erwähnung finden, klingt Ex eben nicht gut. Aber egal, man kann sie halt nicht alle haben. Der Laden ist jedenfalls heiß und wenn's ginge, würde ich hier sofort einziehen. So, und bevor ich dafür sorge, dass meine beiden Freunde einen qualvollen Erstickungstod durch einen Blaubeer-Muffin erleiden, möchte ich doch noch eines wissen:

»WARUM ILSE???«

Mickey schluckt besorgt, wohl wissend, dass ein Maximilian Sturm in diesem Zustand nicht mehr Herr seiner Sinne ist. Dann wagt er es aber doch tatsächlich, das Wort an mich zu richten:

»Siehst du, genau das ist der Grund, warum ich es dir nicht gesagt habe. Ich wusste, dass du austickst! Außerdem musste ich Ilse versprechen, dir nichts zu erzählen.«

»Äh … was??? Sag mal, soll das ein Witz sein??? … nur weil du den Namen eines Komikers trägst, bedeutet das noch lange nicht, dass du auch einer bist!!! Und überhaupt: Seit wann halten wir denn Versprechen, die uns irgendwelche Frauen abverlangen?«

Mickey starrt verstört in seine Espresso-Tasse, in der er seit ca. 10 Minuten herumrührt, und ich habe nicht den Eindruck, als wäre er gleich damit fertig.

»SUCHST DU DA DRIN NACH GUTEN ERKLÄRUNGEN, ODER WAS? HÖR AUF DAMIT! …«

Mickey lässt augenblicklich den Löffel fallen und sein Blick zuckt quer durchs Café, fast so, als suche er den Notausgang.

»Also wann war das? … und wie kam es überhaupt dazu? … ich will das jetzt wissen!!!«

»Es … es war nach dir, ok? Du weißt genau, dass ich mich darauf nicht eingelassen hätte, wenn du noch was mit ihr gehabt hättest!«

»Darauf eingelassen??? Was ist, hat sie dich mit ´ner Knarre bedroht, damit du dich auf sie legst?«

»Nein, natürlich nicht.«

»Also was dann???«

»Nachdem du das damals mit Ilse beendet hattest, hast du mich doch gebeten, ihr ein paar Sachen vorbeizubringen, … na ja, sie hat mich hereingebeten und mir einen Kaffee angeboten …«

»Aha. Hast du da auch ´ne Viertelstunde lang den Kaffeesatz umgegraben?«

»Witzig, Herr Sturm, witzig. Sie hat mich verführt, ok!? Ich schwör's! Sie sah ja auch irgendwie echt heiß aus und außerdem war es halt mal was ganz anderes.«

»Ach so! Na, wenn das so ist! Soviel also zum Thema: Wir machen bei jeder Gelegenheit dumme Witze über Sturms Affinität zu älteren Damen.«

Ich kann Mickey ja verstehen. Nicht, dass er das jetzt wissen müsste, aber ja, ich verstehe ihn. Ilse war wirklich heiß. Ich weiß noch gut, wie ich sie kennenlernte. Das war in einem Supermarkt. Sie stand an der Kasse vor mir und ihr Parfum, Scherrer No. 2, wie ich später erfuhr, brannte mir mein kleines bisschen Verstand weg. Dann fiel ihr der Schlüsselbund runter und sie bückte sich vor mir. Da streckte sie mir ihre ganz und gar unglaubliche Rückseite entgegen und ich bekam einen Blutrausch in den südlicheren Gefilden meines Körpers, mit dem ich alle Bösewichte der Filmgeschichte hätte erschlagen können. Scheiß zivilisierte Welt, echt! Nur ein paar Milliönchen Jahre früher, und ich hätte meine Keule ausgepackt, der Trulla damit ein Angebot gemacht, das sie nicht hätte ablehnen können, mit den Fäusten auf meine Brust getrommelt und sie an den Haaren auf mein Bärenfell gezogen. Aber nein, so was darf man ja heute nicht mehr!

Heute muss man im richtigen Augenblick Shakespeare zitieren, mindestens einmal pro Woche eine Wahnsinns-Pasta zubereiten können, wissen, wann's Zeit ist, den Müll rauszubringen, bevor dieser beginnt, Zellteilungs-Experimente mit sich selbst durchzuführen, und im Bett soll man die Begehrnisse des Weibes in einer medialen Genialität vorausahnen, dass sogar das Orakel von Delphi erblassen würde! Verdammte Scheiße.

Trotzdem … ich wäre nicht dieser Max Sturm, über den seine besten Freunde Witze machen, die Begriffe wie Seniorenheim beinhalten, wenn ich nicht am selben Abend bereits in Ilses Badezimmer gestanden hätte und mir die Zähne putzte. Dennoch, wenn man mal bedenkt, dass wir uns erst ungefähr fünf Stunden kannten, es außer einem gemeinsamen Abendbrot mit einem Gläschen Sekt und einer darauffolgenden heftigen Knutscherei auf ihrem Sofa keinerlei Vorgeschichte gab, würde ich diese Entwicklung der Dinge als eher flott bezeichnen. Und als ich sie nackt sah, musste ich unweigerlich an eine Zeichentrickserie denken, die ich als Kind immer gerne angeschaut habe. Kennt noch jemand die Barbapapas? Genau. Und Ilse war Barbamama. Und wie das in meinem Sexleben so ist, jagt wirklich eine Überraschung die nächste. Ilse macht sich nackig und sagt beim   Verlassen des Badezimmers: „Ja los, beeil dich ein bisschen. Im Bett muss jetzt was laufen!"

An dieser Stelle möchte ich noch mal daran erinnern, dass ich die Gute erst vor ca. fünf Stunden an der Kasse eines Supermarktes mit einer Keule erlegt habe. Ach nein, das war ja das, was ich machen wollte. Was ich tatsächlich getan habe, war, sie zu fragen, ob ich ihr nicht helfen solle, ihre Tüten ans Auto zu tragen. Die subtile Neuzeit-Methode, aber nicht minder wirkungsvoll!

Als ich dann in Ilses Schlafzimmer kam, lag sie bereits unter der Bettdecke und musterte mich aufmerksam, während ich nur mit einem Handtuch um meine Hüften bekleidet, um ihr Bett herumging. Darauf sie: „Oh, wir sind wohl ein bisschen schüchtern, was, Herr Sturm?"

Woraufhin klar war, dass ich die Dame jetzt falten werde wie nichts Gutes. Denn, hey, ab und zu ist auch bei mir der Name Programm. Ich ließ das Handtuch fallen und stieg zu Ilse ins Bett. Sie zog mich fest an sich, oder besser gesagt, sie zog mich direkt auf sich. Ich konnte gar nicht anders, als sofort in sie einzudringen. Das Vorspiel war das Zähneputzen. Ilse war zu diesem Zeitpunkt mit Abstand die dickste Frau, auf der ich jemals zu liegen pflegte, aber dieses viele feste Fleisch, die großen Brüste, der überdimensionale Bauch, das war nicht nur ein Anblick, der mich immer noch geiler machte, sondern es fühlte sich auch noch wahnsinnig gut an. Sie bewegte sich heftig und fordernd unter mir, krallte dabei ihre Finger in meinen Rücken. Sie genoss es sichtlich und zeigte mir deutlich, dass es ihr immer noch nicht heftig genug war. Ich kam ihrem Wunsch nach und ja, ich muss sagen, ohne mich hier selbst beweihräuchern zu wollen, aber ich machte meinem Nachnamen alle Ehre. Es war ein Rausch, mir schwindelte und ich rang nach Luft. Genau wie Ilse. Sie atmete schnell, hielt mich aber immer noch fest und wollte mich auch nicht loslassen. Zwischen ihren Brüsten rannen kleine Schweißperlen hinab und ihr Parfum vermischte sich mit dem salzigen Duft unserer eng umschlungenen Körper. Das hier war kein Liebe machen, kein miteinander schlafen, kein romantisches Krusch-Krusch. Nein, das hier war Ficken. Ungezügeltes, hemmungsloses Ficken. Eine einzige Nummer mit dieser Frau und ich verstand endlich, was mir Charles Bukowski in unzähligen Büchern mitzuteilen versuchte! Allerdings schrieb Bukowski nichts über gewisse Verhaltensmaßregeln besten Freunden gegenüber, welche sich des orgastischen Hochverrats schuldig gemacht haben.

»ILSE??? . . . und was ist eigentlich mit unserem Musiker hier? Der Herr fühlt sich wohl nicht angesprochen, was?«

Tom sah, beinahe von Mickey und mir abgewendet, zum Fenster hinaus.

»Sag mal, stören wir dich irgendwie?«

Tom dreht seinen Kopf in unsere Richtung und sagt:

»Ich will das Barvermögen, ihr könnt euch ja das Hotel teilen … und es zum Beispiel verkaufen oder so. Da macht ihr sicher ein gutes Geschäft, das Barvermögen sind ja nur 30.000 Euro. Das Hotel, auch wenn es eine Bruchbude ist, ist sicher mehr wert!«

Ich glaube, ich spinne. Während ich hier den Moralapostel raushänge, denkt der Typ über künftige Vermögensverhältnisse nach.

»Also, Herr Sonderbar, mal abgesehen davon, dass das Thema „Wer hat was mit Ilse gemacht?" noch nicht vom Tisch ist, wer sagt denn was von „verkaufen wollen"??? Vielleicht wäre das gar keine schlechte Sache, das mit dem Hotel!«

Um ehrlich zu sein, war das kein besonders fundiertes Statement meinerseits, einfach weil ich noch für keine Sekunde darüber nachgedacht habe, aber es scheint mir ein guter Moment, um das einfach mal prinzipiell anders zu sehen. Mickey hat auch keine Meinung zu dem Thema, nickt dennoch zustimmend in meine Richtung. Er hat einfach ein Gespür dafür, wann's besser ist, meiner Meinung zu sein.

»Vie…vielleicht hat Max ja Recht. Ich meine, wir sind alle Ende Dreißig und keiner von uns hat in dem, was er so tut, bisher auch nur annähernd etwas erreicht, das den Begriff Erfolg implizieren würde. Und da von uns wohl keiner Bock drauf hat, mit 40 zu sagen: „Willkommen bei McDonalds, Ihre Bestellung bitte!", wäre es vielleicht kein Fehler, zumindest mal darüber nachzudenken, ob das nicht was für uns wäre. Das muss ja nicht heißen, dass wir deshalb unsere Berufe aufgeben. Aber es wäre vielleicht ein zweites Standbein, und wenn es mit unseren Karrieren doch noch was werden sollte, können wir immer noch überlegen, was wir dann tun. Außerdem, es ist ja auch gar nicht so sicher, ob jeder von uns in seinem Beruf noch mal was reißt, oder? So hätte zumindest derjenige, der nichts anderes zu tun hat, einen gewissen Rückhalt. Und überhaupt, vielleicht macht es ja auch Spaß! Könnte doch sein.«

Immer dann, wenn man denkt, Mickeys Verstand hätte das Gebäude für immer verlassen, sagt er etwas derart Profundes, dass man in etwa so erstaunt ist, als hätte er gerade den Strom neu erfunden. Auch Tom staunt Bauklötzchen.

»Hey, habt ihr eigentlich die Titten von der Kellnerin gesehen? Hä hä, voll geil, echt!«

Ja, und dann sagt Mickey wieder so was. Dann ist ganz schnell wieder klar, dass Herr Mittermaier in seiner ganz eigenen Welt lebt. Zu der es für uns alle keine Fahrkarten gibt. Lediglich ein Fernglas, um ab und zu mal einen Blick darauf zu werfen. Und das ist auch noch unscharf. Ein beispielhaftes Indiz für diese Theorie ist, dass Mickey seit seiner frühesten Kindheit eine fast krankhafte Beziehung zu Mickey Mouse - Comics hat. Krankhaft, weil er früher nicht nur Nahrungsmittel, wie zum Beispiel sein Pausenbrot und ähnliches, gegen solche Hefte getauscht hat. Mir hat er mal einen benutzten Schlüpfer seiner Mutter gegen eines meiner Lieblingshefte angeboten. Ich hab ihm das Heft dann gegeben. Inzwischen ist er an einem Punkt angelangt, an dem er mir wahrscheinlich eine Nacht mit seiner Mutter anbieten würde, wenn ich im Besitz bestimmter Originalausgaben aus den 50er oder 60er Jahren wäre. Dabei fällt mir ein, vielleicht sollte ich mir ein paar von den Dingern besorgen, damit wäre er in Situationen, die das verlangen, definitiv erpressbar. Und gegen eine Nacht mit seiner Mutter hätte ich im Prinzip nichts einzuwenden, denn, Mann, die ist echt heiß! Also ... für meine Begriffe halt. Aber das ist ein anderes Thema.

Tom schien Mickeys Plädoyer für eine Alternativkarriere völlig kalt zu lassen. Und wenn ich auch nur einen Moment länger darüber nachdenke, kann ich das voll und ganz verstehen. Auch wenn der Gedanke über ein kleines, verträumtes, exquisit eingerichtetes Hotel, in dem nur die zauberhaftesten Gäste verkehren, durchaus was hat. Aber dann kommen mir Realitäten wie Totalsanierung und damit verbundene Kosten, die vermutlich in die Hunderttausende gehen, in den Sinn. Selbst wenn wir Tom einer erfolgreichen Gehirnwäsche unterziehen würden, die lächerlichen 30.000 Euro brächten uns nicht viel. Ich sehe schon den Banker vor mir, dem wir erzählen, dass das unser Eigenkapital ist, wir von ihm aber gerne das Zehnfache hätten, möglichst zu humanen Konditionen, versteht sich. Und wenn wir ihm dann seine Frage bezüglich unserer Einkünfte und Sicherheiten beantworten, wird man sehen können, wie sich der Banker ein bisschen totlacht. Und dann wird er den Alarmknopf drücken.

Allerdings ist auch klar, dass ich Tom jetzt nicht sagen werde, dass er völlig auf dem richtigen Dampfer ist. Schon wegen Mickey nicht. Mickey ... ich kenne diesen Blick ... der Mann hat Feuer gefangen. Und wahrscheinlich ist das jetzt auch noch meine Schuld. Hätte ich ihm nicht so ein schlechtes Gewissen ... Moment mal, worüber denke ich hier eigentlich nach??? ... der Schwanzkopf hat Ilse gebumst! Ich weiß jetzt nicht, ob es bei Vergehen dieser Art gewisse Verhaltensnormen gibt, aber ein schlechtes Gewissen, begleitet von einer ausgeprägten Todessehnsucht und dem festen Wunsch, für immer in meiner Schuld zu stehen, sagen wir, für den Rest seines Lebens? Ja, das scheint mir angemessen!

MIA

Mia betritt das Café und kommt wild winkend auf uns zugestürmt. Mia ist Toms Schwester. Blond, recht hübsch, immer hippe Klamotten und um keinen Spruch verlegen. Ein echter Sonnenschein. Mia ist das Einhorn unter den Frauen. Will sagen, es kann sie eigentlich nicht wirklich geben, denn sie kann sich in einem völlig leeren Parkhaus sofort für einen Platz entscheiden und muss nicht mal das Radio leiser drehen, um ihre Kiste halbwegs grade hinzustellen. Sie hasst Emanzen und hat das Mitgefühl eines Mannes, der genau weiß, wovon man gerade spricht. Und arbeitet trotzdem bei einer Bank. Mia ist sozusagen die Vierte im Bunde. Was gut funktioniert, denn als potentielles Betthäschen ist sie für Mickey und mich tabu. Nicht aus Loyalität Tom gegenüber, sondern weil sie für Mickey etwas zu weibliche Rundungen hat und für mich definitiv zu jung ist. Die ist ja gerade mal so alt wie ich. Und den Beweis für die Rundungen, von denen Mickey mal sprach, ist sie mir immer noch schuldig.

»Hey Jungs, wie sieht's aus?«

»Hey Süße!« erwidern wir trigonal.

Mia quetscht sich gegenüber von mir und Tom auf die Bank neben Mickey. Sie scheint mächtig aufgeregt.

»Na los, Bruder, erzähl schon, was war denn jetzt bei der Testamentseröffnung??? Was hast du bekommen??? Wer war noch da??? Los, erzähl schon! Ich bin doch so neugierig!!!«

Betretenes Schweigen unter uns dreien. Das eine oder andere Räuspern ist zu hören, aber sonst Schweigen. Mia sieht uns an und platzt beinahe:

»JUNGS, sagt schon, was ist hier los? Kommt schon, hier läuft doch was! Los los los los, erzählen! Sagen! Was los ist!!! Looooos jetzt!!!«

Derart genötigt bricht Tom sein Schweigen:

»Also, ich sag mal so, ich war nicht der Einzige, dem da was eröffnet wurde!«

Mia dreht fast durch vor Neugier. Da kommt die Kellnerin an unseren Tisch:

»Wer bekommt die Spaghetti „Acht Kostbarkeiten"?«

Ich hebe die Hand. Die Kellnerin stellt mir den Teller hin und geht. Mia sieht mich irritiert an:

»Spaghetti Acht ... ? ... JUNGS, wenn ihr mir nicht sofort sagt, warum ihr so komisch seid, fang ich an, Sachen kaputt zu machen! Wer war da noch? WEEERRR???«

Mickey und ich heben die Hände.

Mia ist sprachlos. Sie starrt uns mit offenem Mund an, ihr Blick wandert zwischen uns dreien und bleibt dann bei meinem Teller hängen:

»Spaghetti Acht ... ? ... WAS? ... aber ... wieso denn? Wieso denn ihr beide? ... also ... ich versteh´ jetzt gar nichts mehr!?«

Ich lege mein Besteck zur Seite.

»Na, dann werde ich es dir mal erklären, liebe Mia! Dein lieber Herr Bruder und unser Freund Mittermaier hier haben Ilse gebumst!!! Verstehst du? Meine Ilse!!! Und deshalb, also zumindest nehme ich an, dass das der Grund ist, haben wir jetzt alle drei geerbt!!!«

»Wieso denn „deine Ilse“?«

»Wieso „meine Ilse“? Das fragst du noch? Ernsthaft? Die Frau war damals 56. Wessen Abteilung ist das denn? Wer ist denn da der Stecher? Wessen Liste seiner Dates liest sich denn wie das „Who is who der Herbstzeitlosen“, hä???«

Mia nickt, mein Drama offensichtlich nachvollziehend, und fängt plötzlich schallend an zu lachen. Sie lacht so sehr, dass ich ihr gerne ein paar knallen würde. Ihr Kopf wird knallrot und sie scheint gleich keine Luft mehr zu bekommen. Dazwischen gluckst sie irgendwas von: »Ihr drei … (lach) … ihr habt alle drei … (prust) … ihr habt alle drei mit der gleichen Frau??? … (Lachkoller) … Wie geil ist das denn??? … Mit ´ner 60-Jährigen??? …«

»SECHSUNDFÜNZIG!!!« donnert es aus uns dreien gleichzeitig heraus. Mia bekommt langsam wieder genug Luft, um in ganzen Sätzen mit uns zu sprechen.

»Also ehrlich Jungs, worüber regt ihr euch eigentlich so auf? Ok, ihr wart alle mit der gleichen Frau im Bett und wusstet's nicht. Na und? Wenn ich das richtig verstanden habe, hattet ihr doch keine Beziehung mit ihr. Das war doch bloß Sex!«

Ich kann gar nicht glauben, was ich da höre:

»Sag mal, der Hamster in deinem Kopf ist wohl vom Rad gefallen, was? BLOß SEX??? ... BLOß SEX??? ... Ich glaube, ich spinne. Geht's noch? Bloß Sex! Sex ist das einzig Wichtige! Ich weiß sowieso nicht, wozu das ganze andere Drumherum gut sein soll!!! Tzzz, bloß Sex, also echt.«

Die drei starren mich an, als habe ihnen gerade Isaac Newton persönlich erklärt, warum unserer Welt nach seinen Berechnungen so ungefähr im Jahr 2060 das letzte Stündchen schlägt. Jetzt nicht aufregen. Tief durchatmen ... Ooommm ... Ooommm ... und plötzlich ... Frieden. Stille. Das Gelaber meiner Freunde verstummt in der Ferne. Der Mörder-Krampf im Bereich meines Solarplexus weicht einem fast meditativen, ja geradezu zen-mäßigen „ich bin total in meiner Mitte!"– Gefühl. Vielleicht hat der Yoga-Kurs ja doch was genützt. Wahnsinn, meine Kumpels sind verlogene Sackratten und ich bin ein Grashalm im Wind. Es lebe die Volkshochschule!

»Spaghetti „Acht Kostbarkeiten", was?«

»Ja, Mia. Solltest du versuchen.«

PLAN B

Drei Wochen und unzählige Appelle an die Vernunft der beiden später kommt es mir nun so vor, als habe das Gespräch nach der Testamentseröffnung im Lemon Drop nie stattgefunden, denn ich weiß wirklich nicht wie, aber Mickey hat es tatsächlich geschafft, Tom davon zu überzeugen, dass es eine Riesenidee wäre, wenn wir ab sofort das Hotelgewerbe aufmischen würden. Er hat ihn nicht einfach nur überzeugt, nein, er hat Tom geradezu sektenmäßig bekehrt. Nur blöd, dass das bei mir nicht funktioniert hat. Allerdings nicht, weil ich es für eine Scheiß-Idee halte, sondern, wie ja schon erwähnt, weil uns keine Bank dieser Welt dafür Geld geben wird. Wir sind Künstler und können froh sein, wenn wir davon einigermaßen leben können. Und dass das nicht bei jedem von uns klappt, sieht man an den Nebenjobs der anderen beiden Komiker.

Nun ja, um nicht das Spielverderber-Arschloch zu sein, habe ich ihnen versprochen, dass ich hundertprozentig in die Sache einsteige, falls es ihnen irgendwie gelingen sollte, irgendeine Bank um soviel Kohle zu erleichtern. Wie sie das schaffen, ist natürlich ihr Problem. Wobei hier selbstverständlich das Kleingedruckte zu beachten wäre: Es gilt nicht, den Kassierer mit einer vorgehaltenen Knarre um den Safeschlüssel zu bitten! In dem Fall kenne ich natürlich niemanden und weiß selbstverständlich von gar nichts. Aber da von all dem ganz sicher überhaupt nichts passieren wird, kümmere ich mich derzeit darum, einen geeigneten Makler zu finden, der die Bruchbude so verkauft, wie sie ist. Außerdem muss ich bis nächste Woche noch eine Kolumne über Blind Dates fertig schreiben und sollte mich im Zuge dessen noch mit einer Dame treffen, die ich aus Recherche - Gründen im Internet aufgerissen habe. An Beschäftigung mangelt es mir also nicht.

Mickey und Tom hatten in den letzten drei Tagen an die sechs oder sieben Termine bei diversen Banken. Dass sie bei zwei der Banken vom Sicherheitsdienst hinausbegleitet wurden, zeigt wohl, wie sehr die beiden den Kredit wollen. Das Beste, weil naheliegendste, nämlich die Bank bei der Mia arbeitet, haben sie sich zum Schluss aufgehoben. Einfach weil hier von vorneherein die Erfolgsaussichten nicht nur gleich null, sondern schlicht inexistent sind. Dank Mias detaillierter Auskunft über die Chefin der Kreditabteilung – eine Art Kreuzung aus Maggie Thatcher und Frau Holle, gepaart mit einer Mutation aus Fahrkartenkontrolleurin und KZ-Aufseherin – waren die Herren Mittermaier und Wunderbar in der Lage, ihre Chancen so einzuschätzen, dass sie der besagten Bank nur noch einen Besuch abstatten werden, damit sie hinterher auch sagen können, dass sie wirklich alles versucht haben.

»Na, ihr zwei? Konntet ihr Max doch nicht über-
reden mitzukommen?« werden Mickey und Tom
wangenküssender Weise von Mia begrüßt.

»Wir haben ihn gar nicht gefragt. Erstens arbeitet
er gerade an irgendeinem Artikel, und außerdem hat
er ja gesagt, dass er nur einsteigt, wenn wir die Kohle
ranschaffen. Warum hätte er also gerade für diesen
Termin hier seine Meinung ändern sollen?« erwiderte
Tom ansatzweise resigniert.

Mia klopft Tom ermunternd auf die Schulter und
meint:

»Hm, ich kann Max schon verstehen, denn eure
Chancen … also echt, Jungs … ich bin froh, dass ich
euren Gang jetzt nicht vor mir habe. „Es" sitzt übrigens da drin.«

Mia deutet mit dem Zeigefinger auf eine dunkel-
braune große Massivholztür. Mickey wäre sicher
nicht überrascht, wenn sich über der Tür plötzlich in
feurigen Buchstaben der Schriftzug „Zum Hades" zu
erkennen gäbe. Was zum einen ganz sicher einfach an
der wahrlich aussichtslosen Situation liegt, zum anderen aber auch daran, dass er sich gerade für ein Vor-
sprechen bei einem Theaterregisseur vorbereitet und
dafür jede Menge Zeugs über griechische Mythologie
liest. Er hat dann immer ein wenig die Tendenz
zur Übertreibung. Als er sich mal für eine Statisten-
rolle beim „Bergdoktor" vorbereitet hat, erzählte
er uns, der Wanderer, den er spielen solle, sei ihm

spätabends im Badezimmer erschienen, als er gerade in der Wanne lag. Es ist sicher keine Frage, dass Mickey nicht alle Tassen im Schrank hat, aber das hat definitiv die Schauspielschule an ihm verbrochen. Die haben ihm monatelang mit hypergestörten, lebensmüden, scheinschwangeren Dozentinnen das Hirn weich gekocht. Schauspiellehrer und -lehrerinnen, die ihm erzählt haben, man wäre nur ein guter Schauspieler, wenn man zu 95% die Rolle lebt. Und nur die restlichen 5%, irgendwo im Hinterkopf, wissen noch während des Spiels, wer man in Wirklichkeit ist! Aha, also den Typ würde ich gerne mal sehen, der mit seinem Messgerät neben der Bühne sitzt und dann sagt: „Also, Herr Mittermaier, an Ihrem Spiel müssen Sie noch arbeiten, das waren heute nur 72%. So wird das nichts!"

Also, warum wird eigentlich jemand Schauspieler? Ja klar, weil es so toll ist, den ganzen Tag so zu tun, als wäre man jemand anders und weil man da ja so tolle Sachen machen darf, die man sich im echten Leben niemals trauen würde! Na, sicher doch. Aber die Frage ist doch, warum wird eigentlich jemand Schauspieler? Na, weil man als Kind schon immer der Letzte am Start war. Weil man in der Schule meistens der war, zu dem sich niemand setzen wollte.

Wenn man im Sportunterricht in Zweiergruppen zusammengehen musste, war man immer derjenige, der übrig blieb und die Übungen dann mit der 200 Kilo schweren Sportlehrerin machen musste. Weil auf Familienfesten für einen gespendet wurde, da die Aussichten auf ein späteres gesichertes Einkommen eher unwahrscheinlich waren. Gute Voraussetzungen, um den früheren Peinigern mal so richtig zu zeigen, wo der Bartel den Most holt. Und außerdem besteht in diesem Beruf zumindest eine winzige Chance, mal richtig 'nen Arsch voll Geld zu verdienen. Also, Ruhm, Kohle und Weiber. Rock 'n' Roll. Das macht es einem dann wahrscheinlich doch leicht, in späteren Interviews zu erzählen, wie schön es ist, den ganzen Tag jemand anders sein zu dürfen und wie unsäglich dankbar man ist, dass einem die Regisseure und Produzenten der Verarsch-Mich-Branche das „Leben einer Rolle" anvertrauen. Ach Gottchen. Na ja, wenn das allerdings alles nichts wird und einen niemand für's professionelle Lügen vor Kameras bezahlen will, dann landet man quasi auf dem Abstellgleis für ungefragte Typen, dann, ja dann ist man Lehrer auf einer Schauspielschule. Natürlich „der Berufung wegen"! Das nenne ich positives Denken!

»Ehrlich gesagt, ihr hättet mich schon fragen können!«

»Max! Was ... wieso ... was machst ... wie lange bist du denn schon hier?« stottert mir Mickey entgegen, während Mia und Tom nicht minder überrascht sind.

»Also, zuerst hatte ich eigentlich vor, euch vor eurem gesellschaftlichen Selbstmord zu bewahren und an euer letztes, falls überhaupt noch vorhandenes bisschen Stolz zu appellieren. Aber um ehrlich zu sein, jetzt wo ich schon mal hier bin, will ich wirklich sehen, was passiert!«

»Na denn … « freut sich Mia. »Ein paar Tipps hätte ich aber noch für euch: Seht ihr nicht direkt in die Augen. Das empfindet sie als provokant. Starrt aber auch nicht dauernd auf den Boden. Das deutet sie als Schwäche. Unterbrecht sie nicht. Niemals, unter gar keinen Umständen dürft ihr der Frau ins Wort fallen, ok? Allein deshalb sind hier schon Leute rausgeflogen … «

»Alles klar, außerdem bleiben wir immer schön auf dem Weg und hüten uns vorm Mond!«

Mia schüttelt andächtig den Kopf.

»… ach Max, ich weiß, wenn es einen Golden Girls – Club gäbe, wärst du der Präsident, aber die Alte ist eine Nach-Zwanzig-Jahren-Ehe-Verlassene, verstehst du? Die hat keine Böcke mehr auf Männer. Da wird sie auch bei dir keine Ausnahme machen. Also Jungs, ich werde euch jetzt anmelden und dann bringt ihr es mit Anstand hinter euch, ok? Ich drück euch die Daumen! Bussi.«

Mia klopft an und öffnet uns die Tür. Für einen Moment glaube ich ein Knurren zu hören. Mein Blick zuckt hektisch durchs Zimmer und sucht den Pitbull, der uns gleich alle machen wird, aber dann sehe ich sie … und … na ja … wie soll ich sagen?

Da sitzt „Es". Also, ich muss ja sagen, ich habe die Lage unterschätzt. Da meine Erfahrungen mit über 50-jährigen Mehrfach-Verlassenen eine enorme Bandbreite aufweisen, hätte ich angenommen, dass das hier ein Heimspiel für mich wird und ich meinen beiden Freunden sozusagen als Joker zur Seite stehen würde. Aber sorry, Jungs. Da kann ich nichts für euch tun. Wirklich, was das Äußere von Frauen angeht, sind meine Neigungen wahrlich grenzwertig, aber hier ist Schluss. Was zu weit geht, geht zu weit. Also, ich mag mollige Frauen, aber das hier ist vollkommen indiskutabel. Kennt noch jemand Witwe Bolte? Das hier ist Witwe Bolte in noch dicker, noch älter und vermutlich auch noch hässlicher! So genau kann man das nicht sagen, da der größte Teil des Kopfes hinter einer exorbitanten Brille versteckt ist. Monstermaid lässt grüßen! Und dahinter scheinen ihre Augen auf ganz besonders eigenartige Weise größer als der ganze Kopf. Da fragt man sich schon, was sich das Universum dabei gedacht hat, als es so was erschaffen hat.

Haben die Jungs nicht schon genug Probleme? Wer soll denn so was bumsen? Also, ich nicht! Nur, dass das schon mal klar ist! Schon alleine die Putzwolle auf ihrem Kopf! Das Frisur zu nennen, wäre wirklich ... also echt ... ich fühle mich eher an einen aufgeplatzten Polstersessel erinnert. Und ihr Körper. Ein Sack voll Hirschgeweihe würde auf jedem Catwalk eine bessere Figur machen. Was hier allerdings gar nicht so recht ins Bild passen will, ist ihr Duft. Der ist nämlich ausgesprochen gut! Hätte mir also jemand mit einem glühenden Eisen das Augenlicht genommen, wäre das hier vielleicht ein guter Anfang gewesen ...

... doch da Folterknechte heutzutage nur bedingt Konjunktur haben, sitzen wir nun beim Italiener um die Ecke und warten auf Mia, die gleich Mittagspause hat. Tom und Mickey sitzen mir gegenüber und machen mir kaum den Eindruck, als wäre das heute ein denkwürdiger Tag in ihrem Leben. Vielleicht sollte ich sie ein wenig aufmuntern:

»Also, „Ich hab's euch ja gesagt!" trifft's wohl ziemlich gut, was?«

»Ja ja ja, es ist einfach zum Kotzen in diesem Land! Wenn du Kohle hast, dann wird dir noch mehr Kohle in den Arsch geschoben, aber wenn du keine hast, kriegst du auch keine!« raunzt Tom, worauf Mickey meint:

»Na, ihr wisst doch, der Teufel scheißt immer auf den größten Haufen!«

»Oh ja, Mickey, bitte erfreu uns weiter mit drittklassigen Lebensweisheiten! Bitte!«

Wie wir gerade so da sitzen und uns des Lebens freuen, gesellt sich Mia hinzu, um sich ihre Mittagspause mit uns zu verderben.

»Oh Jungs, es tut mir so leid! Echt …«

»Komm, vergiss es, vielleicht soll es einfach nicht sein! Eine Freundin von mir sagt immer, es passiert nur, was auch passieren soll!« erwidert Tom.

»Welche Freundin denn?« fragen Mickey und ich.

»Maria.«

Mickey und ich sehen uns an und schütteln nicht wissend, wen Tom meint, den Kopf.

»Na, Maria Kussinsky, hab euch doch schon von der erzählt!«

»Ach, ist das nicht die, die den Leuten die Psychosen mit Räucherstäbchen austreibt und nachts unter so 'ner Kristallpyramide pennt?«

Tom verdreht die Augen:

»Ja, Max, genau die! Solltest du mal hingehen, die könnte dir bestimmt gegen deine Schreibblockaden helfen!«

»Oh ja, ganz bestimmt!«

Einer der Gründe, warum die Freundschaft mit Tom schon so lange funktioniert, ist, dass ich nicht auf das höre, was er im Laufe eines Tages so vorschlägt.

Mia verharrt einen Moment in einer Art Standbild und dann, plötzlich wieder „play":

»… äh … na, jedenfalls hatte ich auf dem Weg hierher einen Wahnsinns-Einfall, wie ihr den Kredit vielleicht doch noch kriegen könnt! Na, ok, eigentlich hatte ich den Gedanken schon vorher, so als eine Art Plan B, ihr versteht?«

»Ehrlich gesagt, nein, ich verstehe nicht. Und ich denke, ich kann da für uns alle drei sprechen, Mia. Wie sollte das denn gehen? Monstermaid hat keine Minute gebraucht, um uns klarzumachen, dass wir Loser sind und dass daran auch ein aufgemotztes kleines Hotel nichts ändern wird. Also, Mia, wie zum Geier sollte das gehen???«

Mia schluckt und sieht ein wenig verschüchtert zu Mickey und Tom. Und für einen kurzen, klitzekleinen Moment kann ich mich des Eindrucks nicht erwehren, dass die beiden wissen, was Mia sagen will.

»Ich höre gar nichts, Mia. Wie sollte das gehen?«

»Ich, ähm … wenn du … also … na ja … wenn du mit ihr schlafen würdest?«

»Was?«

»Na, wenn du mit ihr ins Bett gehen würdest, sähe die Sache sicher anders aus. Ich meine, die Frau hat ja als Leiterin der Kredit-Abteilung einen gewissen Handlungsspielraum. Du müsstest sie einfach nur überzeugen. Eben nur anders, als ihr bisher gedacht habt.«

»Was?«

Mickey und Tom kriegen feuchte Augen und ja, ich weiß genau, was die Penner denken.

»Max, das ist die einzige Chance, die ihr habt, und außer dir kommt von euch dreien ja wohl keiner in Frage. Ich meine, mein Herr Bruder schafft es nur dank pharmazeutischer Hilfe Damen über dreißig zu befriedigen. Und Mickey hier, also mal ehrlich, nichts für ungut, Mickey, aber der könnte eher sein Spiegelbild ficken als meine Chefin.«

»Ok, wie wär's denn mit dem Plan: Vergiss es!«

Worauf sich Mickey einklinkt:

»Och, komm schon! Irgendwie … ähm … (räusper) … finde ich die Idee auch gar nicht mal so schlecht. Du bist der Einzige von uns, der das kann, ich meine, du hast doch ständig solche Frauen.«

»WAS? Also jetzt fahr aber mal rechts ran, ja? Für euch sehen wohl alle Frauen über fünfzig gleich aus, was? Nur um das mal klarzustellen, es gibt in dem Alter tolle Frauen, siehe Hannelore Elsner oder die Berben, um nur mal zwei von den bekannteren Fegern zu nennen. Und meine Frauen spielen meistens in dieser Liga, klar? Ok, hier und da war auch schon mal 'ne Witta Pohl dabei, aber in der Regel …«

»Und was war mit der Putzfrau?«

Ich hab doch gesagt, meine Freunde würden das noch zur Sprache bringen!

»Oder die Metzgerin vom Supermarkt? Oder die …«

»Hey! Ab und zu kann es nicht schaden gewisse Grenzen zu überschreiten, einfach nur, um zu wissen, was es alles so gibt, ok? Und davon abgesehen, Mann, also die Putzfrau, die war schon eine Klasse für sich. Als es ihr gekommen ist, hat die jubiliert, dass ich dachte, ihr wär' der Arsch explodiert! Das ist halt schon was anderes, als 'ne magersüchtige 25-Jährige, die unter dir liegt, wie 'n Pfund bleicher Quark.«

»Max, du hattest doch noch nie 'ne 25-Jährige!« meutert Tom.

»Stimmt. Aber ihr beide. Und da ihr mir immer mehr Details mitteilt, als mir lieb ist ...«

Mickey und Tom schweigen angepisst. Aber Mia legt sich noch mal richtig ins Zeug:

»Max, du könntest es doch wenigstens mal versuchen, oder? ... «

»VERSUCHEN? VERSUCHEN? Was soll denn das sein? Soll ich ihn nur mal ein bisschen reinstecken, oder was?«

»Äh, eigentlich meinte ich damit, dass ihr doch nichts mehr zu verlieren habt. Ok, das Hotel vielleicht, aber sonst? Ist dir eigentlich klar, dass du bei diesen Frauen echt der Renner bist?«

»Und ist dir eigentlich klar, dass du nicht ganz dicht bist? Außerdem, hey, jetzt nur mal angenommen, nur mal ganz vollkommen rein hypothetisch: Gehen wir mal davon aus, ich würde es auch nur ansatzweise in Betracht ziehen, diesen Schwachsinns-Plan durchzuführen, die Alte riecht den Braten doch sofort. Die kennt mich doch jetzt! Wie soll das denn ablaufen? Hä? „Entschuldigen Sie bitte, Frau Kredit-abteilungsleiterin, ich weiß nicht, wie ich's sagen soll, aber seit ich Sie gesehen habe, kann ich nur noch dar-an denken, Sie mal so richtig schön flach zu legen! Und wenn Sie so nett wären, uns dafür den Kredit zu geben, also das wäre echt toll!" Na, da wird die Alte aber jauchzen vor Begeisterung! Ihr habt sie doch nicht alle, echt!!!«

Worauf mir Mia milde lächelnd zu verstehen gibt:

»Ich fürchte, natürlich vorausgesetzt, du über-arbeitest deinen Vortrag noch mal, dass die Alte tat-sächlich begeistert sein wird, denn als ihr vorhin gegangen seid, kam sie an meinen Schreibtisch und sagte: „Na, schade eigentlich, der große dunkle … hm … Sie kennen den privat?" Worauf ich sagte: „Äh, ja … schon." Dann zögerte sie kurz, so als ob sie mich noch was fragen wollte, und ging wieder zurück in ihr Büro. Und deshalb sage ich dir, auch wenn ich vor zwei Stunden noch nicht wirklich dran geglaubt habe, aber das ist eure Chance. Besser gesagt, du Max, du und dein kleiner Freund da, ihr seid der Schlüssel zum Zaster.«

Tom sieht mich an und schüttelt den Kopf:

»Was ist das nur mit dir? Hast du ein unsichtbares Schild um den Hals, das nur Frauen lesen können, die kurz vor der Rente stehen?«

»Ach, und was sollte da deiner Meinung nach drauf stehen, Tom?«

Daraufhin Mickey:

»Ich sehe es schon in großen Lettern vor mir: „Du bist über 60? Egal. Bück dich!"«

Ja, das finden die witzig. Oh … Ooommm … bitte, bitte, großer Buddha, steh mir bei und mach, dass ich jetzt keine Fressen poliere … Ooommm …

Das Schlimme ist ja, dass die so recht haben, dass es schon fast zum Heulen ist. Letzte Woche war ich in einem Restaurant und zwei Tische weiter saß eine diesmal äußerst attraktive Frau mit ihren beiden Töchtern. Was zum einen wegen der Ähnlichkeit offensichtlich war, zum anderen ging es aus den Gesprächen, die sie führten, hervor. Die Töchter waren mindestens 35, was annähernd Rückschlüsse auf das Alter der Mutter zuließ. Nun, es kam, wie's kommen musste: Die Töchter nahmen keinerlei Notiz, aber die Mutter warf mir immer wieder tonnenschwere Blicke zu. Einen besonders schweren auf dem Weg zur Toilette und einen etwas enttäuschten, als sie von dort zurückkam. Auch in so einem Fall ist es eher wenig hilfreich, wenn man nicht der Schnellste ist. Aber ihre Enttäuschung verflog schnell, denn beim finalen Abgang legte sie mir im Vorbeigehen eine Visitenkarte auf den Tisch und sagte: „Vielleicht möchten Sie mich mal anrufen!?" Ja, so was darf man zu mir nicht sagen, ich mach das! So sollte sich dann sehr bald folgendes herausstellen:

Geschäftsfrau, 61 Jahre alt, hat einen großen Weinhandel. Ausgesprochen gut gekleidet, sehr gepflegt, liebevolles Wesen, geht hinter verschlossenen Türen ab wie Schmidts Katze. Doch leider hat sie die unschöne Angewohnheit in Momenten, in denen sie sich unbeobachtet glaubt, in der Nase zu bohren. Und das jetzt nicht so zaghaft, so nach dem Motto: Mich juckt da nur was. Nein, sondern nach dem Motto: Ich bohre nach Öl. Und wenn es irgendwo in meinem Hirn welches gibt, dann finde ich es! Gut, es gibt Frauen (und Männer) die da einfach nur auf der Suche nach Hirn sind, aber was die Frau an sich angeht, waren zumindest die Verschleierungstaktiken schon mal besser! Wäre schön, wenn man diese doch arg unschöne Entwicklung gleich im Keim ersticken könnte, denn: Was kommt dann als nächstes? Frauen, die sich die Muschi kratzen, wenn sie an der Ampel warten? Ziehen sie sich bald den Rotz hoch und spucken ihn auf die Straße? Was mich angeht, reicht es völlig aus, wenn man das eigene Geschlecht bei derlei Benehmen beobachten muss. Und wenn man hier mal das Image der Damen bezüglich öffentlicher Toiletten stellvertretend für was ganz Grundsätzliches gebrauchen darf, dann kann man wohl mit Fug und Recht behaupten, dass wir nicht alles, von dem wir wissen, dass es existiert, auch mit eigenen Augen gesehen haben müssen!

Mein Blick wandert durchs Café und bleibt an einer Glasvitrine hängen, in der unter anderem ein äußerst attraktiver Käsekuchen sein Dasein fristet.

»Ich brauch jetzt erst mal was Süßes. Komm gleich wieder. In der Zwischenzeit könnt ihr beiden ja schon mal auslosen, wer von euch 'ne Super-Size-Viagra schluckt und die Tante dann selbst kacheln darf!«

An der Glasvitrine angekommen, bin ich einen Moment verwirrt, denn hier stehen ca. vier Kuchen, die alle ein bisschen wie Käsekuchen aussehen, aber nein, es wird doch der erste sein, den ich gesehen habe. Ich warte … und suche nach jemandem, der mir meinen dringenden Wunsch nach Zucker und Cholesterin erfüllt. Da kommt eine klapperdürre, ca. 19-Jährige, mit Sicherheit Model-werden-Wollende um die Ecke, die mit höchster Wahrscheinlichkeit „hier nur arbeitet, bis sie vom Modeljob leben kann". Nur, dass das nichts werden wird, denn das Weib hat mehr Metall in der Fresse als Titten im BH. Sie kommt zur Theke und fragt mich:

»Ja???«

Darauf ich:

»Äh … hallo. Ich … äh … ist das da ein Käsekuchen?«

»Nö.«

»Aha. Ähm … und das da?«

»Nö.«

»… aber das da ist doch einer, oder?!!«

„Es" klappert mit dem Zungenpiercing und ich meine beobachtet zu haben, dass der wandelnde Werkzeugkasten die Augen verdreht hat, als eine Antwort kam, mit der nun wirklich niemand rechnen konnte:

»Nö.«

Also, jetzt hätte ich gerne einen Magneten in der Größe eines Aktenkoffers bei mir. Den würde ich dem arroganten Weib in die dämliche Fresse halten und sie damit einmal quer durchs Restaurant schleifen!

»Aber … aber das da ist doch ein Käsekuchen, oder?«

»Nö.«

»Hey Girlie! Ist das hier ´n Scheiß-Ratespiel, oder was? Ich bin hier Gast und in ´nem Laden, in dem ein Milchshake sechs Euro kostet, kann ich erwarten, dass ich nicht erst Rate-König werden muss, bis man mir sagt, wo hier der Käsekuchen steht!!!«

Jetzt zuckt Tussi gewaltig mit den gelochten Augenbrauen und ist im Begriff, mit ihrer rechten Hand eine berühmte Hip-Hop-Geste machen zu wollen, welcher dann in aller Regel von Leuten unter zwanzig so Sätze folgen, wie: „Ey Alder, biss` du prall, oder was?" Sie scheint sich im letzten Moment aber doch noch eines Besseren zu besinnen und sagt:

»Gibt kein Käsekuchen. Bloß Käsesahne-Torte. Wenn's unbedingt was mit Käse sein muss.«

Ok, soviel steht fest, wer glaubt, dass in Käse-kuchen Käse drin ist, kann ruhig Model werden, das ist dann kein Verlust für die Hausfrauen-Lobby.

»Alles klar, dann nehm ich das. Ich sitz da drü-ben.«

»Yo.«

Tzzz. Nach einem solchen Dialog mit einer 19-Jährigen bekomme ich wieder richtig Lust mit einer 60-Jährigen zu schlafen.

»Ok, Leute, ich mach's.«

»Nein, echt?« raunt es mir von drei Seiten entge-gen.

»Aber nur, dass das mal gesagt wurde, Jungs: Ihr seid die Loser vor dem Herrn! Kriegt bloß einen hoch, wenn die Schnitte 45 Kilo wiegt und ihr bisher ver-dientes Geld weitgehend in Silikon investiert hat. Was für Verlierer, echt. Ja, ich werd es machen. Aber nicht für euch. Sondern weil ich es kann! Klar soweit? Und außerdem gibt es da eine Bedingung.«

»Alles was du willst!!!« entscheidet Mickey enthu-siastisch.

»Moment mal … « unterbricht Tom Mickey. » … hör erst mal, was das für eine Bedingung ist. Viel-leicht will er mit deiner Mutter schlafen. Oder wo-möglich noch mit unserer, Mia! Tzzz.«

Verdammt. Das wäre auch 'ne gute Bedingung gewesen! Und da weicht Toms Ironie auch schon ganz schnell einer gesunden Portion Realismus:

»Bitte nicht, Max, bitte nicht mit unserer Mutter, nimm sie uns nicht weg, ok?«

»Also, meine Mutter kann er haben.«

»Danke Mickey, ich komm drauf zurück. Ganz sicher. Aber für den Moment reicht es mir, wenn ich die Dachwohnung des Hotels bekomme.«

Ein dämlicher Gesichtsausdruck verbreitet sich in der Runde.

»Welche Dachwohnung denn?« fragt Mia.

»Ich habe mir das Haus selbst und die Pläne davon angesehen. Das ganze Paket besteht quasi aus vier Stockwerken. Im Erdgeschoss ist der Empfang, zwei Zimmer mit Bad und ein zusätzlicher Raum, der vermutlich als Frühstücksraum genutzt wurde. Plus eine Küche. Der erste, zweite und dritte Stock bestehen insgesamt jeweils aus fünf Zimmern, alle mit Bad. Und im vierten Stock, voilá, die Dachwohnung, genau 122 qm. Riesenteil, sag ich euch. Und da zieh ich ein, wenn die Hütte fertig ist! Anderenfalls wünsch ich euch viel Glück bei der Suche nach ´nem geeigneten Stecher.«

Tom schüttelt den Kopf und meint schmunzelnd:

»Ach, sieh mal einer an! Dafür, dass du eigentlich kein Interesse an der Sache hast, ist es schon interessant, dass du die Pläne besser kennst als wir!«

»Ich weiß einfach gern, womit ich es zu tun habe. Und dafür, dass ihr's so wichtig habt, wisst ihr noch erstaunlich wenig darüber!«

Mia überlegt kurz und sagt dann, während es in Toms und Mickeys Kopf offenbar zugeht wie in Potters Eulerei:

»Also, ich finde das nur fair! Ihr solltet euch drauf einlassen, Jungs. Ich sag nur: Letzte Chance!«

UNDINE

Natürlich waren Mickey und Tom einverstanden. Aber das stellt mich jetzt vor die Aufgabe, Monstermaid auf direktem Wege in die Kissen zu bugsieren und sie damit dahin zu bringen, wo wir sie haben wollen. Ein wirklich gutes Gefühl habe ich ja nicht bei der Sache. Frauen und Geld. Ganz schlechte Kombination. Wie Bombe und Zünder. Jedes für sich ist wohl durchaus angsteinflößend, aber meist ungefährlich. Aber wehe, die beiden tun sich zusammen, dann fliegt einem die Kacke schneller um die Ohren, als man „Leb wohl" sagen kann! Oder anders gesagt: Wenn man zuviel zündelt, kommt der Scheiß gebündelt! Das reimt sich nicht nur, es stimmt auch.

Bevor ich mich jedoch dieser Herausforderung stelle, muss ich mich erst noch einer anderen Angelegenheit widmen, nämlich dem Artikel über Blind Dates, zu dessen Zweck ich im Hades der Neuzeit, dem Internet, eine Dame mittleren Alters aufgerissen habe. Undine wäre ihr Name und sie sei geschieden. Inzwischen weiß ich, dass Frauen, die im Web einen meist seltsam anmutenden und in der Regel gefälschten Namen angeben, im Kontaktanzeigenmarkt des Internets bereits eine feste Größe sind und dadurch einfach zu vermeiden versuchen, von dem einen oder anderen gescheiterten Date wiedererkannt zu werden.

Undine sei Sternzeichen Löwe und ihr Beruf ein medizinischer. Im Herzen sei sie aber Künstlerin. Sie male und schreibe gern. Das wäre eigentlich der Punkt, an dem es für mich uninteressant wird, denn Künstler bin ich selber und weiß um die neurotisch bedingten Ausnahmezustände dieses Berufsstandes. Ich sag nur: zwei Minus ergeben normalerweise kein Plus!

Es gab da aber noch eine Spalte in ihrer Anzeige, die meine Aufmerksamkeit erregte. In diesem Teil der Annoncen findet man häufig so intellektuell als auch tiefgründiges, wie z.B.: „Lass die Sonne in dein Herz"; „Lebe jeden Tag, als wäre es dein letzter!" oder auch immer wieder gern: „Carpe Diem". Und bei letzterem wissen sie auch bloß, was das heißt, weil sie den „Club der toten Dichter" gesehen haben. Soviel zur Fraktion der hirnfreien Poeten. Die meisten von denen müssten sich sowieso eher „Carpe Noctem" auf ihre Fahnen schreiben, denn wenn sie ihren Anblick bei Tageslicht feilbieten, werden ihnen ruckzuck die Opfer ausgehen! Und dann sind da noch die Autistischen. Äh, ´tschuldigung, die Authentischen. Die schreiben: „Krasse Dompteuse sucht wilden, aber zähmbaren Tiger!". Wild, aber zähmbar??? Ansehnlich, aber nicht schön??? Gebildet, aber kein Besserwisser??? Vielleicht kann mir das bei Gelegenheit mal jemand erklären. Das Beste war aber „Nimmersatter Rubensbrocken (!!!) sucht literaturbewanderten

Sexgott". Wäre ich auf der Suche nach der Frau für`s Leben, wäre die meine erste Wahl, keine Frage. Aber für meine Zwecke schien mir Undine besser geeignet.

Ah, Stichwort. Der Grund, warum ich beim Lesen von Undines Anzeige nicht gleich zur nächsten weitergeklickt habe, lag an ihrem Statement: „Allem Anfang wohnt ein Zauber inne". Das ist gut. Schlicht und gerade deshalb gut. Und alles, was wir an Schlichtem und Gutem kriegen können, brauchen wir dringend! Im Übrigen weiß der Kenner, dass es sich hierbei um ein Zitat aus dem Gedicht „Stufen" von Hesse handelt. Könnte sich lohnen oder aber zumindest interessant werden, eine Frau kennenzulernen, die einem derart literarisch daherkommt. Wer nun bei der ersten (und in der Regel auch letzten) persönlichen Begegnung nur das Allerschlimmste erwarten würde, dem ginge es wie mir. Aber ich bin lernfähig, denn diesmal war ich vorbereitet. Will sagen, Tränengas für mein körperliches Wohlbefinden und der Beibehaltung von ebendiesem, meinen 175 PS starken schwarzen Mini Cooper für die schnelle und zielgerichtete Flucht, bei der man in diesem Wagen übrigens verdammt gut aussieht. Und gäbe es den Unsichtbarkeits-Tarnumhang von Harry Potter tatsächlich, hätte ich den auch noch mitgenommen.

Ich fühlte mich also ganz Herr der Lage. Bereit dem Feind ins Auge zu blicken, und ihn, würde er auch nur einmal auf eine Art blinzeln, die mir missfiele, ohne eine Spur von Mitleid oder gar Reue zu vernichten! Man merkt mir kaum an, dass ich schon das eine oder andere Mal eine unschöne Erfahrung gemacht habe, nicht wahr? Natürlich erhascht auch mich dann und wann ein Fünkchen Optimismus, aber unterm Strich ... wer glaubt denn schon an Märchen? Oder gar an wahre Liebe? Ok, ok, Romeo und Julia vielleicht, aber hey, die waren beide dreizehn. Da glaubt man doch noch jeden Scheiß!

Auf dem Weg zu meiner Verabredung mit „Undine" hörte ich einen Bericht im Autoradio: Eine Frau meldete bei der Polizei, sie habe ihren Mann erschlagen. Mit einem Nudelholz. Die Polizei fuhr hin und fand den Mann. Jetzt lebte der aber noch und hatte lediglich eine Platzwunde am Kopf. Die Frau wurde wieder freigelassen, allerdings mit der Auflage, die gemeinsame Wohnung in den nächsten 24 Stunden nicht zu betreten. Die Frau hielt sich aber nicht daran, ging früher zurück und erneut auf ihren Mann los. Letzterer überlebte laut Nachrichteninformationen auch diesen Angriff. Was dort allerdings niemand erklärte: Wie blöd kann man eigentlich sein??? Mal abgesehen davon, dass Justitia uns hier den Ray Charles macht, welcher Typ, der sich von seiner Alten über den Haufen kloppen lässt, sitzt denn nach so 'ner Nummer gemütlich zu Hause und wartet, bis Mörder-Else zum zweiten Angriff bläst??? Und was ist das für 'ne Braut, die glaubt, sie hätte ihren Egon umgebracht, sich dann von den Hütern des Gesetzes aber erklären lassen muss, dass ihr Mann eine gewisse Fähigkeit hat, in außergewöhnlichen bis brenzligen Situationen am Leben zu bleiben? Und welche Trulla geht dann heim und versucht es gleich noch mal??? Was hätte sie diesmal zu den Bullen gesagt? „So! Jetzt aber wirklich!" ???

Haben wir das jetzt davon, dass wir die Nachmittags-Talkshows aus dem Programm genommen haben? Können Männer und Frauen denn gar nicht mehr miteinander? Was ist mit Liebe, Mitgefühl und Zärtlichkeit? Gut, dies sind Eigenschaften, die dem einen oder anderen lediglich vom Hörensagen bekannt sein mögen, aber egal. Da hört man so etwas im Radio und ist gerade auf dem Weg zu einem Date mit einer Unbekannten. Ich meine, ich hatte schon so einiges, eine Schlägerin aber noch nicht. Wer weiß, was Undine für eine ist? Vielleicht ist sie krank im Kopf und verfolgt ebenfalls einen Plan? Nur einen viel perfideren als ich. Kennt noch jemand „Misery" von Stephen King? Wie die Alte den berühmten Schriftsteller einsperrt und nie mehr rauslassen will? Gut, ich bin nicht berühmt und wer mich einsperrt, wird mich bald darum bitten, endlich wieder zu gehen, aber trotzdem.

Scheiße, ich hatte gleich so ein komisches Gefühl bei dieser Undine. Nachdem wir zwei-, dreimal hin und her gemailt hatten, beschloss ich, mir ein anderes Testobjekt zu suchen. Nicht weil ich sie für eine Psychopathin hielt, nein, diese Variante kam mir bis zu diesem Radiobericht gar nicht in den Sinn, sondern einfach, weil mir die Vorstadt-Kulisse bereits allzu plastisch erschien. Ich sah mich bereits am Samstagnachmittag auf Undines Couch liegen und vor dem Fernseher darauf warten, dass es endlich Montag wird und ich wieder in meine Wohnung darf, in der niemand steht, sitzt oder liegt, der mich auf meinem Weg in die Küche fragt, ob alles ok mit mir ist. Oder woran ich gerade denke. Und bis es soweit ist, würde ich sie auch zwei-, dreimal ordentlich bumsen müssen.

Gut, es mag jetzt Männer geben, die meine letztere Befürchtung nicht ganz nachvollziehen können. Nun zählt meine Wohnung aber eben nicht zu den Etablissements, in denen keine Frauen verkehren und so bedarf es schon ein wenig mehr, um meine Aufmerksamkeit zu erregen. Nach einer Woche Funkstille schrieb Undine, sie wolle sich einfach mal kurz melden, sie wüsste ja nicht, ob ich Stress hätte oder einfach keine Lust mehr, mit ihr zu mailen. Sie erzählte noch was von Yoga-Kursen und diversen anderen Zeitvertreibungs-Maßnahmen. Und dann erwähnte sie ganz beiläufig, dass sie gleich noch mal los muss, weil sie bei ihrem morgendlichen Einkauf vergessen hätte, Strumpfhosen zu besorgen.

Ok, ich sag's besser gleich, ich steh auf Strumpfhosen! Oder besser gesagt, auf Nylon generell. Ob jetzt Halterlose, mit Strapsen oder eben eine Strumpfhose, mir egal. Nichts aufgedonnertes, kein Fischnetz oder irgendwelchen Scheiß. Auch nicht rot oder andere experimentelle Farben. Nein, hautfarben. Schlicht und ergreifend. Das ist, als ob bei mir ein Motor anspringt. Es gibt Tage, da kann ich auf der Straße eine Frau sehen, mein Blick fällt auf ihre Füße, verhüllt von zartem, hellbraunem Nylon und ich möchte hingehen und sagen: „Ich möchte Sie wirklich gerne ficken. Jetzt sofort." Und dabei ist es egal, wie sie aussieht. Das kann dann auch die Bäckerin von nebenan sein. Ok, da gibt es natürlich Grenzen, aber meine Freunde würden sagen, dass sie nicht wüssten, wo die bei mir sein sollten. Von Fetischismus wollen wir hier allerdings noch nicht sprechen, denn das würde bedeuten, dass „es" ohne die Strümpfe überhaupt nicht mehr geht. Und das, nein, das ist nun wirklich nicht der Fall.

Undine brauchte also Strumpfhosen und bei mir war der Wille erwacht. Der Anstifter all meiner Schandtaten und die Brandfackel aller Feuer, die ich bisher so gelegt habe. Ich erwähnte gespielt beiläufig, dass mir da gerade einfiele, dass ich auch noch ein paar Sachen besorgen müsse. Worauf sie meinte: „Mensch, da könnten wir uns bei der Gelegenheit gleich auf einen Kaffee treffen!" Natürlich nur, wenn mir das nicht zu schnell ginge! Ach, wo denkst du hin, Frau!

Irgendein Café. Undine sitzt mir gegenüber und ist gar nicht mal so hässlich. Auf eine langweilige Art nett anzusehen. So der Typ unbedeutende Vorstadt-Tussi, die einen silbernen Audi A3 fährt. Der die Strumpfhosen offenbar noch nicht ausgegangen sind, denn sie hatte eine an. Ansonsten: Knielanger beige-farbener Rock, enge weiße Bluse, pralle Titten, weiß-graue Haare. Aber jetzt nicht wie Tante Emma, sondern eher wie die Lady aus der Nivea-Werbung für Reife. Nur irgendwie geiler. Der Fall war also klar: Ich muss mit der ins Bett. Und zwar schnellstens! Jetzt bin ich ja eher der höfliche Typ, was einfach bedeutet, dass ich zur Durchsetzung meiner Ziele nicht immer sofort rohe Gewalt anwende. Ich war also witzig, charmant und zuvorkommend. Aber immer noch so distanziert, dass sich Undine nicht sicher sein konnte, ob ich tatsächlich an ihr interessiert wäre. Und weil sie genau der Typ Frau war, der das aber wissen woll-te, bot sie mir an, noch am selben Abend gemeinsam essen zu gehen.

Dazu später leider mehr, der Spannung wegen komm ich aber gleich mal zu dem Teil, als wir nach dem Essen zackzack und noch völlig angezogen auf mei-nem Bett lagen. Wir stießen unsere Schuhe ab und knutschten heftig. Ich schob ihr den Rock hoch und fasste zwischen ihre Beine. Mit leichtem Druck rieb ich hin und her. Sie war heiß und feucht zwischen den Beinen. Sie wollte sich die Strumpfhose herunterziehen, aber ich bedeutete ihr, still zu halten. Ich fasste mit meinem Daumen und meinem Zeigefinger ein Stück Stoff in ihrem Schritt und zog daran. Der Stoff riss krachend auseinander und legte ihren Schlüpfer bloß. Undine schien die Luft anzuhalten, ihr Blick war erschrocken und doch irgendwie – sagen wir mal – interessiert. Gierig. Sie ließ es sich gefallen. Mit meiner linken Hand schob ich ihren Schlüpfer beiseite, während ich mit der rechten meine Hose öffnete und meinem mehr als aufrechten Freund da unten den Weg in eine ziemlich feuchte Höhle bereitete. Das hier war mal was ganz was Neues. Die Frau war nicht einfach bloß erregt. Stünde sie aufrecht, würde sie tropfen wie ein Kieslaster. Der schien das nicht einfach nur zu gefallen, sie stöhnte so laut und heftig, dass ich mich einen Moment lang versicherte, ob die Fenster geschlossen sind. Ihre Schweißdrüsen öffneten die Schleusen und entwickelten einen Duft, der sich mit ihrem Parfum vermischte und mich erst mal nur noch geiler machte. Mit einem seltsam irren Blick sah sie mich an, dann schrie sie:

»Ja, weh tun … komm … mehr weh tun … jaa-aahhhhhhhh!«

Sie zuckte wie verrückt, ich packte mit beiden Händen ihren Arsch unter mir und gab ihr, wonach sie verlangte …

… bis ich wie ein toter Käfer von ihr abfiel. Wir lagen erschöpft zusammengesunken auf meinem Bett. Sie kauerte unter meinem Arm, ihren Kopf auf meine Brust gelegt.

»Wow, da hast du mir aber eine Ladung verpasst!« stöhnte sie wohlig.

Sie roch auch immer noch nach Schweiß. Und dabei immer weniger nach Parfum. Genau genommen stank sie allmählich wie ein Eber. Die Realität war wieder im Anmarsch. Was mir spätestens klar wurde, als sie sagte:

»Du, ich muss dir noch was gestehen. Ich bin gar nicht geschieden.«

Oh je. Wären wir jetzt bei ihr gewesen, hätte ich vermutlich über den Balkon türmen müssen.

»Ich bin eine Witwe. Mir war das einfach peinlich. Das klingt so alt und abgestempelt. Ich dachte, einer „Geschiedenen" würde eher jemand schreiben …«

Ihren Worten lauschend kam mir der eingangs erwähnte Radiobericht in den Sinn. Und eine Regel, die man bei potentiellen Dates niemals außer Acht lassen sollte:

Man bumst keine Witwe, ohne zu wissen, wie und warum ihr Alter ins Gras gebissen hat. Es sei denn, man hat Todessehnsucht. Ich aber nicht und deshalb beschloss ich, immer noch neben ihr liegend, diese Angelegenheit, gleich wenn sie gegangen wäre, per Email zu beenden. Was ja aber nicht zwingend bedeutet, dass man eine ausgesprochen willige Witwe trotz eher trüber Aussichten auf so was wie einen regelmäßigen Kontakt, gleich aus dem Bett schmeißen muss.

Das Problem ist nur, dass mir manchmal einfach der Weitblick fehlt. Wäre ich einfach bloß mit ihr ins Bett gegangen, wäre alles in Butter gewesen. Aber nein, wir mussten ja vorher noch essen gehen. Angefangen damit, dass sie im Restaurant nach dem Essen Fragen aufwerfend lange auf der Toilette verweilte. Oder, dass sie mich die Rechnung übernehmen ließ, es aber für vollkommen unangebracht hielt, sich dafür zu bedanken. Und der Kellner an sich scheint für sie so eine Art Fußabstreifer für Besserverdienende zu sein. Ich bin wirklich nicht kleinlich, aber Manieren sind wichtig. Und wenn es schon nicht in unserer Natur liegt, so liegt es doch zumindest in unseren Fähigkeiten, freundlich zueinander zu sein, also sollte man davon Gebrauch machen.

Undine lag neben mir und spürte nichts von meinem Ungemach. Als nächstes fiel mir der Weg vom Restaurant zu meinem Wagen ein. Oder vielmehr das, was sich einmal ein gewiefter Drehbuchautor einfallen ließ: „Wenn du das erste Mal mit einer Frau ausgehst, dann öffne ihr die Wagentür, warte bis sie sich hineingesetzt hat, und schließe die Tür. Wenn sie dir, während du um dein Auto herumgehst, deine Türe von innen öffnet, dann läge es im Bereich des Möglichen, dass es sich hierbei um die Richtige handelt. Tut sie es nicht, kümmert sie sich nur um sich selbst. Dann geh mit ihr was trinken und ruf sie nie wieder an." Der wusste, wovon er redet und aussprechen durfte diese Generationen übergreifende Weisheit dann übrigens irgendein Mafiosi in dem Film „Good Fellas". Jetzt steht die Mafia ja auch nicht gerade im Rufe, Opfer neumodischer Zeiten zu sein ... könnte also nicht schaden, Tipps wie diesen einfach mal hier und da ins eigene Leben mit einfließen zu lassen. Wenn man nur die in der Regel unerfreulichen Ergebnisse nicht so rigoros ignorieren würde.

Ich öffnete ihr die Wagentür, wartete bis sie saß, schloss die Tür, ging auf die Fahrerseite und, oh Wunder, öffnete meine Tür selbst. Von solcherlei Tests gibt es übrigens viele. Ein weiterer wäre zum Beispiel, dass man mit der Dame seiner Wahl zum nächstgelegenen McDrive fährt. Als Beifahrer, versteht sich. Dann sagt man der Dame kurz vor dem Schalter, was sie für einen bestellen soll. 30 Sekunden später hört Mann dann entweder die Frage „Was wolltest du noch mal?", oder aber man erhält Dinge, die man nie bestellt hat. Diese Testvariante ist insofern nicht unbedingt ratsam, weil man es dann niemals zu einer festen Freundin bringen wird. Von daher gilt auch bei

McDonalds: Bestellt selbst oder geht mit einem Mann hin!

Undine lag neben mir und fing plötzlich an, irgendwas von Gefühlen zu brabbeln. Ich fühlte allerdings gar nichts. Was bei mir soviel heißt wie, da kommt auch nichts mehr. Ist so. Entweder brenne ich wie Zunder oder gar nicht. Und überhaupt, erstens galt es hier, einen Job zu erledigen und zweitens, hey, wenn ich mit dem Sex jedes Mal warten würde, bis der kleine Spacko Amor endlich das Zielen gelernt hat, dann hätte ich bis heute noch nicht oft gebumst.

Was man über Undine aber auf jeden Fall sagen kann, natürlich ganz ohne zu werten, ist, dass sie einen vollkommen neuen Standard setzte. Schon allein der Moment, in dem wir nach dem Essen in meine Wohnung kamen und diese, noch nicht gänzlich als solche zu erkennende, höllische Plage neben mir stand, macht klar, was damit gemeint ist:

Undine ging – beinahe torkelnd – in mein Wohnzimmer und blickte benommen umher. Auf meine Frage, ob alles ok sei, meinte sie: „Ja ja, ich brauch nur immer eine Weile, um die Eindrücke zu verarbeiten, wenn ich an einen neuen Ort komme."

Hey, ist meine Wohnung eine Scheiß-Sehenswürdigkeit, oder was? Echt, die gestörtesten Weiber sind doch immer hinter mir her! Da fragt man sich schon, ob die eigene Wohnung vielleicht so eine

Art Unter- Unterwelt ist. Ein Ort, an den es diejenigen Kreaturen verschlägt, zu denen sogar Luzifer sagt: „Nee du, lass mal …!". Und der scheint sie dann offenbar zu mir zu schicken. Wie nett. Wenn man jetzt noch bedenkt, dass Luzi nur der Ober-Dunkle-Fürsten-Fuzzi ist und in der Hierarchie von diesem Saftladen unter ihm noch jede Menge Unter-hey-pass-bloss–auf–ich–bin–halt–voll–böse-Spackos sitzen, wie zum Beispiel Satan (Ja ja, er und Luzi sind nicht derselbe!), Leviathan, Belial und noch so ein paar andere Tripperkönige. Und wenn das dann so aussieht, dass diese Sackratten-Combo bei allen Weibern, die sich bei mir so die Klinke in die Hand geben, die Du-kommst-hier-net-rein-Nummer abziehen und ich die deshalb an der Backe habe, dann schwenkt mein Verständnis die weiße Fahne. Sollte ich also später mal in die Hölle kommen, werde ich diese Pfeifen einzeln unter dem gleißenden Licht von mindestens 78 Schreibtischlampen verhörtechnisch auseinandernehmen!

Stunden später. Sie lag neben mir und furzte. Undine schlief tief und fest und furzte durch ihre zerrissene Strumpfhose. All night long. Eindrücke, die man erst mal verkraften muss. Wenn ich noch mal mit einer ausgehe, die sich Chili con Carne bestellen will, werde ich das verhindern, denn wenn ich Lust auf Magic

Time und schwebende Bettdecken habe, dann schau ich mir David Copperfield an.

Der nächste Morgen. Es spricht:

»Was würdest du sagen, wenn ich jetzt nach Hause fahren würde?«

Hm.

»Ich würde dir eine gute Fahrt wünschen, warum?«

Ha! Ich konnte hören, wie ihr der Kiefer runterklappte. Was ich dazu sagen würde, wenn sie jetzt nach Hause ginge? Spinnt die? Wenn sie tatsächlich nach Hause gehen wollte, würde sie sagen: „Du, sei mir nicht böse, aber ich muss weg. Ich habe einen wichtigen Termin und muss pünktlich sein." Ok, es war inzwischen Sonntag und der Spruch mit dem wichtigen Termin wäre vielleicht ein klein wenig unglaubwürdig gewesen, aber erstens glaube ich nicht, dass Undine das beachtet hätte, und zweitens gibt es genug gute Ausreden, die auch für den Sonntagmorgen funktionieren. Ich kenne sie alle. Einmal habe ich in einem unbeobachteten Moment mein Handy geschnappt und Mickey eine SMS geschickt. In dieser schilderte ich ihm mein Dilemma, nämlich, dass so ein Nachtschattengewächs in meinem Bett liegt und offensichtlich vorhat, es nicht vor Montagfrüh zu verlassen. Mickey rief mich an und ich sagte gut hörbar: „Oh mein Gott, wie ist das passiert, und wann, wer …??? In welchem Krankenhaus liegst du? Ja, selbstverständlich, ich komme sofort!" Manchmal stirbt auch jemand. Das variiert. Hier geht es um Nuancen.

Bei einer solchen Nummer ist übrigens gründlich durchdachtes Vorgehen erforderlich. Will sagen, der gute Freund, von dem man sich anrufen lässt, sollte möglichst sofort auflegen, nachdem man den Anruf entgegengenommen hat, denn man könnte einen Lachanfall bekommen, wenn der so genannte „gute Freund" am anderen Ende der Leitung lächerliche Witze macht, die sich so rein gar nicht mit einer Reaktion wie: „Oh mein Gott, in welchem Krankenhaus …" vertragen wollen.

Danke an Mickey an dieser Stelle!

Wenn der Freund dann aufgelegt hat und man selbst noch so tut, als spräche man mit ihm, sollte man in einem möglichst unbeobachteten Moment das Handy auf „lautlos" stellen. Denn wenn das Ding genau in dem Moment klingelt, während man gerade eine oscarreife Leistung bietet, wäre das schlicht peinlich und dumm, vor allem weil vermeidbar! Ich bevorzuge daher Handys, die sich durch einen winzigen seitlichen Knopf auf „lautlos" stellen lassen und dabei noch ganz entspannt einen Apfel auf dem Rücken tragen. Da hat sich doch mal einer was dabei gedacht, als er das erfunden hat! Dabei hilft es übrigens ungemein, wenn man während des „Gesprächs" umherläuft und zwischendurch auch mal das Zimmer verlässt, falls möglich.

Wichtig ist, immer einen ausreichenden Sicherheitsabstand zum feindlichen Objekt zu halten, denn: Der Feind hört mit! Wem das noch nicht aufgefallen ist: Bei den meisten Telefonen hört man, wenn man neben dem Telefonierenden steht, die Stimme des anderen Anrufers. Um sich also hinterher nicht sagen lassen zu müssen: „Du verlogener Arsch, du! Da war doch gar niemand dran!!!", immer schön Abstand halten, ja?

Hintergrundgeräusche, wie zum Beispiel Musik oder ähnliches, helfen hier auch sehr. Abstand und Hintergrundmusik sind die Grundpfeiler eines perfekten Plans, sich nicht in eine Beziehung hineinvögeln zu lassen, in die man nicht hineingevögelt werden will!

Allerdings ... eine Warnung sei hier noch ausgesprochen: Mit einer bestimmten feindlichen Waffe muss absolut immer gerechnet werden! Dagegen können wir rein gar nichts ausrichten und da hilft auch kein noch so perfider Plan: die weibliche Intuition. Wenn's dumm läuft und man eines der hellsichtigeren Objekte aufgerissen hat, kann's schon passieren, dass die Frau sagt: „Hmm ... schade ... ich wäre so gerne noch ein bisschen bei dir ... hm ... sag mal, aber du hast das jetzt nicht inszeniert, um mich loszuwerden, oder? ... ich meine, ist nur so ein Gefühl."

In dem Fall gilt es, alles auf das Pendant der weiblichen Intuition zu setzen, nämlich die Macht der weiblichen Verdrängung. Und die Macht eines schlechten Gewissens! Folgender Satz muss daher wie aus der Hüfte geschossen kommen: „Süße, ich habe gerade eben erfahren, dass mein bester Freund einen schweren Autounfall hatte! Was glaubst du wohl, wie sehr es mir gerade nach Spielchen zu Mute ist, hä?" Wer es jetzt noch schafft, sich eine Träne wegzudrücken, der wird eine Frau zurücklassen, die von Selbstvorwürfen geplagt, auch Jahre später noch davon überzeugt sein wird, dass dieser eine, die Integrität eines Mannes erschütternde Satz, der Grund dafür war, dass man sich nie mehr bei ihr gemeldet hat. Herzlichen Glückwunsch!

Aber zurück zu „Operation: Undine". Sie ging nicht, sondern zeigte mir deutlich, wonach ihr der Sinn stand ... und nur dank eines feinen Stöffchens namens Nylon, war es mir möglich, die Furz-Attacken auf Leib und Leben zu vergessen.

Später Vormittag. Undine bewegte sich in halbstündigem Rhythmus zwischen Bett und Toilette – schon die ganze Nacht und verharrte dort erneut unverhältnismäßig lange. Aber als sie dann noch anfing, in meiner Küche nach Essbarem zu suchen und die gefundenen Salzletten mit ins Bett brachte, war mir klar, dass das Ende nahte. Neben mir knirschte und krachte es im Dolby Digital-Ton. Wenn sie dann dazu einen Schluck Wasser trank, hätte man ihr ohne weiteres noch das THX-Siegel auf die Stirn klatschen können. Gegen den Sound, den dieses Viech beim Kauen und Schlucken von sich gab, war der Alien-Angriff in „Independence Day" ein Witz. Und danach ging sie wieder aufs Klo.

Nur als ich auf ihr lag, hielt sie es etwas länger aus. Einmal zuckte sie so merkwürdig und aus ihrem Unterleib entfleuchte ein seltsamer, langgezogener Ton. Einer, den ich so beim Sex noch nicht vernommen hatte. Und das machte mir Sorgen. Eigentlich genoss ich den Sex mit ihr, aber jetzt wurde es langsam unheimlich und ich bemühte mich redlich, und letztlich erfolgreich, die Sache zu Ende zu bringen. Danach stand sie sofort auf und ging eiligen Schrittes ins Bad. Ich zog die Decke beiseite und starrte auf mein Laken.

Ich hatte jetzt ein Problem, vor dem kein Mann gerne steht. In meiner Wohnung war eine Frau, deren Körper mich für die Dauer einer kurzen Ewigkeit in Sphären katapultierte, die ich in der Theorie so erst mal keinem geglaubt hätte. Andererseits hatte sie mir ins Bett geschissen.

Als ich sie an meiner Wohnungstüre verabschiedete, fragte sie mich: „Sehen wir uns kommende Woche mal?" Ich bedauerte, aber ich würde in nächster Zeit einfach viel zu viel zu tun haben!

LUISE

Ich bin Autor. Was bedeutet, es ist elf Uhr vormittags und ich hab immer noch meinen Schlafanzug an. Da man so aber kein Geld verdient, wir aber dringend welches brauchen, gönnen mir weder meine beiden Freunde noch Mia eine – wie ich finde, verdiente – Verschnaufpause von Undine. Nein, Mia macht voll auf Informant und bombardiert mich mit allen erdenklichen Infos über ihre Chefin. Dass sie Luise Mangold heißt, gerne tanzt und auf florale Dekoration steht. Plus noch mehr so unwichtiger Scheiß. Das mit den Blumen habe ich aufgegriffen. Und spätestens jetzt muss ich mit der Frau schlafen, denn das Grünzeug hat mich ruiniert. Ich habe der Lady zwei Wochen lang alle drei Tage einen Haufen sauteurer, vermutlich handgeklöppelter Rosen geschickt. Dafür hätte ich in Urlaub gehen können. Oder ein Jahres-Abo meiner Lieblings-Porno-Seite buchen. Oder offene Rechnungen bezahlen. Von der Kostspieligkeit meiner Taktik zum Äußersten gezwungen, rief ich sie an.

Am Telefon klang sie gar nicht mal so schlimm wie in der Bank, was aber vermutlich am fehlenden optischen Reiz liegen mochte. Mehr Kopfzerbrechen bereitete mir die Art, wie sie am Telefon mit mir sprach. Oder genau genommen das, was sie sonst noch so sagte. Zum Beispiel wollte sie wissen, ob ich treu bin.

Geht's noch? Also, wenn es darum geht in einer beginnenden Affäre vorwärts zu kommen, bin ich das menschliche Äquivalent zur schnellsten Maus von Mexiko, aber an dieser Stelle würde ich jetzt gerne mal zwei Gänge runterschalten. Die hat mich noch nicht ein einziges Mal privat getroffen und will wissen, ob ich sie betrügen würde? Es ist doch immer das Gleiche. Früher oder später ticken sie alle aus. Die eine hat dich noch nie getroffen und will schon vorher Brief und Siegel auf das alleinige Vorrecht auf deinen Schwanz und die andere sieht das vielleicht nicht so eng, scheißt dir dafür aber ins Bett. Toll.

Frau Mangold hat mich zu sich nach Hause eingeladen und als ich gerade mit dem Auto in die Straße einbiege, steht sie im Hof vor ihrem Haus. Ich muss zweimal hinsehen und in einem schlechten Film hätte ich in einer solchen Szene zu einem anderen schlechten Schauspieler gesagt, er solle mich mal kneifen. Ich schaue auf die Uhr, um mich zu vergewissern, dass ich nicht ungefähr zwei Stunden zu früh bin. Aber nein, pünktlicher geht's nicht. Sie steht da in einer pret-a-porter-braunen Kittelschürze und fegt die Straße. Holy Mother, da kann man spitz wie Lumpi sein, aber bei diesem Putzfrauen - look - alike hätte es einem auch den größten Ständer zusammengehauen. Manch einer könnte meinen, dies wäre der geeignete Moment, um in einer von Panik angetriebenen Zielstrebigkeit den Rückwärtsgang einzulegen und den Bleifuß erst wieder vom Gas zu nehmen, wenn einen die Bullen samt GSG 9-Einheit wegen Durchbrechens der Grenzkontrolle im Nachbarland mit vorgehaltenen Knarren zum Anhalten zwingen.

Schöne Idee, leider nicht mehr durchführbar, nachdem mich Witwe Bolte bereits gewittert hat. Winkend, strahlend und augenfunkelnd fegend reckt sie sich mir entgegen. Hach ja, was soll ich sagen? Wieder einmal werde ich meinen kleinen Freund dazu bringen, den Weg des geringsten Widerstandes zu gehen. Direkt in die Muschi von Tante Emma. Sozusagen. Ich beneide Männer, die in solchen Momenten, … äh, Augenblick, … erst mal beneide ich Männer, die sich gar nicht erst in solche Momente bringen, wenn nun aber doch, dann beneide ich eben diese für die Fähigkeit das oben beschriebene durchzuziehen.

Stichwort Rückwärtsgang. Ich kann das nicht. Man könnte mir die hässlichste Frau der Welt vorsetzen, ich würde mit ihr schlafen. Nicht, weil sie mir leid täte, nein, warum auch? Nein, einfach weil mir das auf unerklärliche Art und Weise liegt und nur Gott weiß, warum. Ich kann mit einer Frau schlafen, mit der ich niemals in ein öffentliches Restaurant gehen würde, aber der Akt an sich ist jedes Mal phänomenal. Das Schöne daran ist ja auch, dass man sich keinerlei Gedanken um Geschlechtskrankheiten machen muss. Woher auch? Ich meine, es gibt die vielbenutzten Autobahnen, die tagtäglich von unzähligen Autos überrollt werden. Dann gibt es noch die nicht ganz so strapazierten Landstraßen und zu guter Letzt die kleinen versteckten Wege, auf die sich in der Regel kein Auto verirrt. Tom und Mickey stehen auf Autobahnen. Ich auf die Wege, die sonst keiner kennt. Nur nach dem Sex, da höre ich manchmal Stimmen in meinem Kopf. Die sagen dann meist so Sachen wie „Och nee, echt hey!" oder „Was hast du denn jetzt wieder gemacht?"

Dass es sich bei der Begegnung mit Luise um eine auch für mich nicht alltägliche Verabredung handelt, wird mir beim Betreten des Grundstückes klar. Schon auf der Mauer des Eingangs-Gartentores steht in Blickhöhe ein exorbitant hässlicher Gartenzwerg, dessen Schürze den Schriftzug „Herzlich Willkommen" trägt. Drinnen wird's kaum besser, denn spätestens im Hausflur kann ich an den Bildern und dem Schnickschnack, der da herumsteht, sehen, dass ich hier eigentlich nichts verloren habe. So sieht es bei den Tanten aus, die früher als man noch Kind war, Sonntagnachmittags zu Besuch kamen und einen immer drücken und küssen wollten. Und so wie es aussieht, schlafe ich inzwischen mit diesen Frauen. Wäre ich nicht aus erklärlichen Gründen hier, oder anders ausgedrückt, einfach klaren Verstandes, würde ich mich schnellstens von einem meiner Freunde anrufen lassen, um dann überstürzt, diesmal ganz sicher eines Todesfalles wegen, das Gebäude zu verlassen! Da aber ohnehin keiner meiner beiden besten Freunde ein ernsthaftes Interesse daran hat, mich aus dieser Nummer hier raus zu holen, werde ich wohl bleiben und das Tor zur Hölle öffnen. Mir wird irgendwie auch schon ganz warm.

Luise nimmt mich an der Hand und führt mich ein bisschen im Haus herum. Eindrücke, die ich erst mal verkraften muss. Undine hätte hierfür drei Wochen gebraucht. Kleine verschissen hässliche Zwerge im Garten, Parfum-Proben-Sammlungen in einem Setz-kasten im Flur und Biedermeier-Möbel im Wohn-zimmer! Gruslig. Sie sagt, ich solle es mir gemütlich machen, mich wie zu Hause fühlen, sie wäre gleich wieder bei mir. Was übrigens gar nicht so einfach ist, nebenbei gesagt, auf einer giftgrünen Biedermeier-Couch, die meinen Tastsinn ganz schnell an Glaswolle erinnert, Platz zu nehmen und das auch noch gut zu finden.

Zwanzig Minuten später erscheint plötzlich eine ganz andere Luise. Nämlich eine äußerst wohlrie-chende. Ok, ihre Gestalt an sich ist immer noch etwas für den ausgefalleneren Geschmack, aber ihr Duft ist der Knaller. „Private Collection" von Estée Lauder, wenn ich mich nicht irre. Düfte-dieser-Welt-Halbwissen, da ich mal heftig mit der Besitzerin einer kleinen Parfümerie ... na ja, das gehört jetzt eigentlich nicht hier her. Schwarzer knielanger Rock, passende Strumpfhose (!), passende Schuhe. Wollweißfarbenes, zweiteiliges Strickoberteil, passend zu ihren blonden Haaren. Sehr klassisch und gerade deshalb irgendwie nicht schlecht. „Kleider machen Leute" stimmt halt doch. Außerdem fällt mir jetzt auf, dass sie gar keine Brille mehr trägt. Also ohne ... hm ... auch gar nicht mal so übel. Auf dem Tisch stehen bereits zwei Sektgläser. Und mir juckt der Arsch. Luise bringt den dazugehörigen Sekt und eine Platte mit verschiedenen belegten Schnittchen. Salami, Käse und Lachsschinken.

Gut, der eine oder andere mag meinen, dass dies für den ersten gemeinsamen Abend ein bisschen viel Understatement ist, ich sehe das allerdings nicht so. Das ist schon ok. Warum soll man denn immer gleich einen auf dicke Hose machen und schon am Anfang sein komplettes Pulver verschießen? Ich komme ja auch nicht mit einer Rose zum ersten Date. Das machen schließlich Millionen von Typen auf der ganzen Welt. Und mal davon abgesehen, dass es nun mal Anführer und Nachahmer gibt, hat es vielleicht auch nur einem einzigen Glück gebracht? Na also. Wer sich jetzt an das Schnittblumen-Bombardement in Sachen Monstermaid erinnert und mit erhobenem Zeigefinger Einspruch erheben will, dem sage ich: Das war vor dem ersten Date! Und um überhaupt ein erstes

Date zu bekommen, sind Schnittblumen ein probates Mittel. Aber wenn man das erste Date mal unter Dach und Fach hat, sollte es erst mal reichen, dass man nichts außer sich selbst mitbringt. Und die Dame kann froh sein, wenn ich nach zehnminütiger Konversation auch noch bei mir selbst sein möchte und nicht ganz woanders!

Ich will aber nicht flitzen, sondern sitze neben ihr und überlege, wie ich sie am schnellsten in die Kissen kriege. Auch weil ich von diesem Mörder-Sofa runter will, denn auf meinem Hintern könnte man inzwischen ein Ei braten. Bevor ich diese Absicht jedoch in eine konkrete Vorgehensweise umwandeln kann, tut es irgendwo im Haus einen Jenseits-Schlag, gefolgt von einem nicht enden wollenden Pfeifen. Luise springt auf, rennt aus dem Zimmer und ich hinterher. Im Flur orten wir das Geräusch, das offenbar aus dem Keller kommt. Also, ab die Treppe runter. Luise öffnet den ... hm ... ich nehme mal an, es handelt sich um den Heizungskeller, checkt kurz die Lage, hebt irgendwas vom Boden auf, geht damit an ein Riesenteil von Gerät, das nicht sofort den Eindruck erweckt, als wäre es zwingend auf unserer Seite und schraubt kurz daran rum, als hätte sie noch nie was anderes gemacht. Und dann Stille. Ich weiß nicht, ob sie da mal kurz die Welt gerettet hat, aber ich bin definitiv beeindruckt! Sie dreht sich um und bekommt beinahe einen Herzinfarkt vor Schreck, denn sie hat wohl nicht mitbekommen, dass ich inzwischen hinter ihr stand. Wir fangen beide an zu lachen. Aber dann, wie sie so dicht vor mir steht, so dicht, dass ich fast ihren Busen spüren kann, weicht unser Lachen diesem beklommenen, fast peinlichen Schweigen, diesem Moment, in dem man sich zum ersten Mal nahe kommt und nicht weiß, ob man die Grenze überschreiten darf.

Sie lächelt mich an. Dabei fällt mir auf, dass sich auf ihrem Nasenrücken wunderschöne kleine Fältchen bilden, wenn sie lacht. Und ein paar Millimeter über ihrem rechten Mundwinkel befindet sich ein ausgesprochen niedliches kleines Muttermal. Ist mir vorher gar nicht aufgefallen. Mein Blick wechselt zwischen ihren dunklen, warmen Augen und ihren vollen, gleichmäßig geschwungenen Lippen. Sie hüllt mich ein mit ihrem Duft, der jetzt nicht mehr nur aus Parfum besteht. Durch den Schreck und das schnelle Rennen ist sie ein bisschen ins Schwitzen gekommen und so kann ich nun auch ein wenig von ihrem ganz eigenen Duft wahrnehmen. Der mich, nebenbei gesagt, schier um den Verstand bringt! Und weil es einen irgendwie nicht weiterbringt, wenn man sich wie zwei Esel auf einem schmalen Gebirgsweg gegenübersteht, gehen wir direkt in medias res. Oder anders gesagt: Wir knutschen. Heftig.

Dieses Zusammenspiel von Abneigung, Zuneigung, Zweifel und sexueller Anziehungskraft ist definitiv ein Neuzugang in den Top Ten meiner schrägsten Dates. Aber das mit Abstand Eigenartigste daran ist, dass es sich überhaupt nicht eigenartig anfühlt! Ist das nun unprofessionell, wenn man bedenkt, weswegen ich eigentlich hier bin? Allerdings wüsste ich auch nicht, wie ich anders reagieren könnte. Was hatte ich mir eigentlich gedacht? Dass hier mal was wie geplant laufen würde? Dass ich hier eine Nummer schiebe, die Fellini zu Lebzeiten verfilmt hätte? Dass ich mein Ding in irgendeine Gruft schiebe, den Ekel nicht mehr von Erregung unterscheiden kann, mich danach kurz schüttle und mit einem Kreditvertrag zur Tür hinausspaziere? Hätte mir einer erzählt, dass er sich das im Großen und Ganzen so vorstellt, hätte ich gesagt: „Was bist du denn für'n Depp?" Nun also, das hier ist jedenfalls eine ganz andere Geschichte. Mehr so, als sei man in Tim Burtons „Sweeney Todd" gegangen und aus „Mitten ins Herz" mit Hugh Grant rausgekommen. Gut, nur dass Drew Barrymore in meinem Fall eben Kathy Bates ist.

Früher Vormittag. Ich bin auf dem Heimweg und versuche, das Erlebte auf die Reihe zu kriegen. Während ich mich bezüglich der Erwartungshaltung meiner beiden Freunde rein rhetorisch schon mal in den Schützengraben lege, kommen mir immer wieder Bilder von Luise in den Sinn. Der Moment, in dem sie unter mir lag, fast willenlos und doch zu allem bereit

… ich kann sie immer noch riechen. An meiner Kleidung, meiner Haut … und doch ist es nicht nur ihr Körper, den ich jetzt vermisse. Als ich heute Morgen aus dem Bad neben ihrem Schlafzimmer kam, saß Luise völlig nackt auf der Kante ihres Bettes und zog sich ganz beiläufig die cremefarbenen Seidenstrümpfe an, die zuvor über dem Stuhl neben dem Bett lagen. Sie bemerkte nicht, dass ich ihr dabei zusah. Noch eindrücklicher als ihre beinahe trägen und sicher vollkommen unbeabsichtigt sinnlichen Bewegungen, war jedoch das Gefühl, das mich in diesem Moment überkam. Nein, eigentlich müsste man sagen: beseelte. Luise war in diesem Moment völlig in sich selbst zurückgezogen und ich stand da, sah ihr zu und war plötzlich Teil ihrer Welt. Eine Welt, von der ich nichts hatte wissen wollen und welche sich nun als ausgesprochen vertraut, ja, beinahe als meine eigene herausstellen sollte. Als hätten alle Wege unausweichlich hierhin geführt. In ihr Haus, ihr Bad, ihr Bett. Schlicht: zu ihr.

Mein Handy klingelt. Es ist Mickey.

»Amigo, ich versuche seit zwei Stunden, dich zu erreichen, aber dein Handy war die ganze Zeit aus! Wo steckst du denn? Du schaltest das Ding doch sonst nie ab!?«

»Bin eben nach Hause gekommen. Warum?«

»Wir sitzen im Lemon Drop und frühstücken. Kommst du her?«

»Wer ist denn „Wir"?«

»Ja, wer wird denn hier sitzen?! Der Musiker und ich! Was iss'n mit dir? Du hast doch nicht etwa bei der Bank-Trulla übernachtet?«

»Ja ja, ist ja schon gut. Ich komm gleich. Zieh mir nur was anderes an.«

»Äh, gut … dann bis gleich.«

Sensationell. Ich weiß genau, was jetzt kommt. Meine Freunde möchten jetzt gerne eine lustige Geschichte hören, wie ein Herr Sturm sich von einer gewissen Monstermaid quer durch diverse Zimmer bumsen lassen musste, nur um damit den Grundstein für eine solide, aber unbedeutende Affäre zu legen, als deren Konsequenz sie den ersehnten Kreditvertrag auf dem goldenen Tablett serviert bekämen und Herr Sturm endgültig reif für die Zwangsjacke wäre. Nur ist das keineswegs die Geschichte, die jetzt noch der Wahrheit entsprechen würde. Nicht, dass der Kreditvertrag nicht mehr wichtig wäre und die Klapse scheint mir ohnehin unausweichlich, aber im Moment verschieben sich die Prioritäten. Ich könnte ihnen natürlich die Wahrheit sagen. Klar. Was aber wiederum jede Menge Fragen nach sich ziehen würde. Fragen, auf die ich im Moment keine Antwort habe. Und es gibt nicht viel, was ich so sehr hasse, wie Fragen, auf die ich keine Antwort habe!

Eine SMS. Von Luise:

„Süßer, vergiss nicht, am Mittwoch deine Freunde in die Bar mitzubringen, ja? Kann es kaum erwarten und wenn ich an das „Danach" denke ... da wird mir jetzt schon ganz anders! ;-) Tausend Küsse! L."

So haben wir Männer das gern. Erst die Unerreichbare mimen, aber wenn man erst mal die Schwelle ihrer Schlafzimmertüre passiert hat, dann stellt sie uns, na, sagen wir mal, ihre einigermaßen unkontrollierte Seite vor. Klappt leider nicht immer. Viele von uns sind da auch ein bisschen von einem Zuviel an Pornofilmen geprägt. Da wundert man sich dann im realen Leben schon mal, warum man beim Bäcker steht und nicht gleich nach einem eher überflüssigen Dialog von der Bäckersfrau hinterm Tresen vernascht wird. Oder warum die Sekretärin beim Diktat jedes Wort versteht und auch noch alles mitschreibt, anstatt lasziv am Bleistift zu kauen, verträumt durch ihre Lesebrille zu schielen, und das nur, um sich endlich die Klamotten vom Leib zu reißen und sich den nächst erreichbaren Penis in den Mund schieben zu lassen. Grundsätzlich gilt also auch für Porno-Konsum: Weniger ist mehr.

Diese Bar-Sache allerdings ... ich weiß nicht ... es gibt Ideen, die sind von vornherein zum Scheitern verurteilt! Andererseits ... ich meine ... wieso eigentlich nicht? Mickey und Tom sollen ruhig ihren Beitrag leisten. Schaden kann's kaum. Obwohl es sehr naiv ist, ja beinahe dumm, so etwas nach Jahren der Freundschaft mit den beiden zu sagen. Was ich denen jetzt allerdings über letzte Nacht erzählen soll, ist mir irgendwie noch nicht klar. Sicher, die Wahrheit, ja ja ja, aber wer will die schon hören, geschweige denn erzählen? Besser ist es so:

»Also Jungs, ich weiß, ihr könnt es kaum erwarten, Details über letzte Nacht zu erfahren, aber …«

Da unterbricht Tom:

»Du meinst Details darüber, wie ein End-Dreißiger eine etwas aus der Form geratene 60-Jährige faltet wie nichts Gutes? Danke, aber ich frühstücke gerade!«

»Hey, Manns-Hure! Erst zuhören, dann dumm rumlabern!«

Meine Reaktion vollkommen ignorierend dreht sich Tom der Kellnerin zu, die gerade an unserem Tisch vorbeiläuft, um noch etwas Kaffee nachzubestellen. Da beugt sich Mickey etwas in meine Richtung und flüstert:

»Mir erzählst du's nachher aber, ja?«

Dann richtet Tom seine Aufmerksamkeit wieder auf mich:

»Hör mal, ich weiß das, was du da tust, wirklich zu schätzen und mir ist auch klar, dass du das hauptsächlich wegen uns machst, aber was die sexuellen Aktivitäten mit Monstermaid angeht, wäre es schön, wenn es diesmal etwas weniger Informationsfluss gäbe als sonst. Ich meine, das ist das erste Mal, dass du mir echt leid tust, denn die Frau ist ja wohl die ungekrönte Princess of Darkness! Der möchte ich nicht im Dunkeln begegnen! Du vielleicht, Mickey?«

»Äh, nö!«

»Na, da wird es euch beide dann sicher freuen, dass wir am Mittwochabend mit der „Princess of Darkness" in einer Tanzbar verabredet sind. Alle drei. Und ihr geht mit! Ihr habt mich in die Nummer reingequatscht, da ist das doch wohl das Mindeste. Andernfalls könnte ich mich genötigt fühlen, vor allem dir, lieber Tom, einiges über das Sexleben älterer Damen zu erzählen ...«

Tom schluckt heftig.

»... zum Beispiel gibt es welche, wundert mich, dass du das nicht weißt, also die flippen total aus, wenn man sich mit der Zunge langsam über die pochenden rotblauen Krampfadern an den Innenseiten ihrer Schenkel vorarbeitet, bis man dann mit der Zunge in ihre ...«

»BAH! HÖR AUF! Ich geh, wohin du willst, aber hör auf!«

Mickey grinst nur, was aber einfach daran liegt, dass seine Schmerzgrenze bei dem Thema deutlich höher liegt als bei Tom. Was wiederum damit zu tun hat, dass Mickey all das nur vom Hörensagen kennt, von Ilse mal abgesehen, aber die war noch gut in

Schuss. Toms Erfahrungen allerdings … des Geldes wegen und so …

»Und übrigens: „Monstermaid" hat einen Namen. Luise, wenn's recht ist!«

Jetzt gucken sie beide ziemlich dumm und wissen nicht so recht, was jetzt nicht mehr so ist, wie es ihrer Meinung nach eigentlich sein sollte.

GIGOLO UND GIGOLETTE

Mittwoch, 19 Uhr. Wir stehen vor der Tanzbar und wissen nicht so recht, wie uns geschieht. Wenn ich ehrlich bin, habe ich die Lage vollkommen falsch eingeschätzt. Als ich Tanzbar hörte, da erklangen in meinem Kopf Swing- und Jazz-Klassiker von Sinatra, Count Basie oder Ella Fitzgerald. Ich sah elegant gekleidete Menschen vor mir, die in kühlem, aber edel gestyltem Ambiente mal wieder richtig zu 50er-Jahre-Swingtime-Hits abhotten. Nun stehen wir vor einem Laden, der früher vermutlich mal genau das war, was der heutige Name andeuten möchte: „Hühnerstall"!!!

Wir stehen da, alle drei ein wenig unter Schock, und wollen in unseren Armani-Suits nicht so recht ins Bild passen. Wir starren auf das Schild, das uns in großen, roten Leuchtbuchstaben darauf aufmerksam macht, dass es sich hier nicht um die Paris Bar Heidelbergs handelt. Wir staunen. Über den Chef des Ladens, der am Eingang persönlich kassiert. Schwarze Hose, schwarzes Hemd, weiße Lackschuhe und ein rotes Sakko. Und als ob das noch nicht genug der Pein für fremde Augen wäre, dekoriert er das Ganze noch mit einer dicken goldenen Panzerkette um den dicken Schweinehals. Da bekommt jeder Ästhet den Hauch einer Ahnung, wie sich ein Infarkt anfühlen muss.

Wir starren immer noch. Auf die Frauen, die nicht den Eindruck machen, als hätte sie einfach nur der

Wind hierher geweht! Keine unter 50. Was es für Tom und Mickey spätestens jetzt vollkommen uninteressant macht. Aber für mich ist dieser Laden das Schlaraffenland, das hier eben mal mit Charlies Schokoladenfabrik fusioniert hat. Die omnigeniale Alternative zu öden Fernsehabenden oder des pflichtbewussten Aussitzens der Schreibblockade vor dem PC. Alleinstehende Frauen in der Blüte des 58sten Frühlings, vom Mann und inzwischen wahrscheinlich auch von den längst erwachsenen Kindern jeweils wegen Jüngeren verlassen, fristen ihr einsames Dasein mit gleichgesinnten Altersgenossinnen beim Kartenspielen am Nachmittag in Wohnungen, die vom Sex vergessen wurden. Frauen, die bei „Moon River" schluchzend vom gutaussehenden Helden träumen, der sie im strömenden Regen in seinen Mantel hüllt und davon überzeugt, dass es nie zu spät ist und man vor der Liebe nicht davonlaufen darf. Und wenn Frau sich dann langsam, aber unausweichlich ihrem ganz eigenen Herbst entgegen jammert, weil sich bis dahin keiner erbarmt hat, sie in irgendeinen Regenmantel zu wickeln oder mit ihr auf seinem Gaul in irgendeinen Sonnenuntergang zu reiten, dann, ja dann sitzt Frau in einem Komm – fick – mich - Kleid mitten unter der Woche in einer heruntergekommenen Tanzbar für halbseidene Gemüter und macht dabei ein Gesicht, als wollte sie sagen: „Denk bloß nicht, ich komm hierher, damit mich einer fickt.« Und wenn's mal so weit ist, dann komme ich ins Spiel.

Allerdings nicht heute. Denn da drin sitzt die Frau, die zwar – das muss ich zugeben – genau dieser Beschreibung entspricht, aber, und das ist der Unterschied, in die ich irgendwie verknallt bin! Und deshalb will ich jetzt da rein!

»Wie sieht's aus, Jungs? Bereit, dem Teufel die Hand zu schütteln?«

»Oh Max, warum tust du uns das an? Waren wir nicht immer gut zu dir?« jammert Tom.

»Ach, armer Tommy. Hast du vielleicht Angst, da drinnen Kundinnen von dir zu treffen?« ahnt Mickey.

Toms Gesicht erstarrt und erinnert farblich stark an ein mattes Blütenweiß. Derlei mögliche Pannen hat er in seinem Leben selten eingeplant und zudem ist sein Reaktions-Repertoire in peinlichen Situationen eher, na ja, eingeschränkt. Einmal traf er in ein- und demselben Lokal gleichzeitig mit seiner damaligen Ehefrau, inzwischen Ex-Frau, auf eine weitere Ex-Frau, von deren Existenz die damalige Ehefrau nichts wusste, und auf eine Stammkundin, von deren und der damit verbundenen Existenz des Nebenjobs keine der beiden Ehefrauen was wusste, und zu guter Letzt: auf seine damalige Geliebte, von deren Existenz überhaupt niemand was wusste. Außer Mickey und mir, schon klar. Mit der Gesamtsituation vollkommen unzufrieden, täuschte Tom einen Ohnmachtsanfall vor, der ihn in einen Notarztwagen und damit aus dem Laden rausbrachte.

Definitiv eine Möglichkeit, mit einer solchen fast shakespearehaften Situation umzugehen, will man allerdings weiterhin im Verdacht stehen, halbwegs mannhaft zu sein, sollte man sich was anderes überlegen. Jedenfalls hat er jetzt richtig Schiss, denn auf die Idee, da drinnen Kundschaft zu treffen, ist er nicht gekommen.

»Also Tom, vielleicht wäre es ja eine kurze Überlegung wert, die Aktion hier mit einer positiven, respektive nutzbringenden Einstellung durchzuziehen, in dem du zum Beispiel die Gelegenheit nutzt, um neue Kundinnen zu akquirieren!? Andererseits, vielleicht möchtest du lieber noch ein nettes Geschichtchen darüber hören, wie ich meinen Schwanz immer und immer wieder in die faltigen Muschis von …«

Tom stürzt zum Eingang und zahlt für uns alle. 30 Euro (!!!) und eine dicke Garderobenfrau später, stehen wir mitten drin. Im Dance-Club für Ausgemusterte. Ausgemustert aus dem „Das Angebot regelt die Nachfrage"-Prinzip. Hier drin gibt es viel Angebot, aber kaum Nachfrage. Die Late-Night-Show für eher hartgesottene Gemüter und den konsequenten Verweigerer des guten Musikgeschmacks. Irgendwo hab ich mal gelesen, das Verhältnis zwischen Männern und Frauen läge weltweit bei 1:4, soll also heißen, dass auf einen Mann vier Frauen kommen. So ganz kann ich das nicht glauben, aber egal, hier drinnen jedenfalls scheint mir das Verhältnis eher bei 1:8 zu liegen.

Und die wenigen anderen Typen, die sich außer uns noch hierher verirrt haben, scheinen ihren Zenit lange, lange hinter sich zu haben. Einer von ihnen ist der klassische Sugar - Daddy. Um die sechzig, ordentlicher Bierbauch und die heftige Urlaubsbräune betont das zurück geklatschte weiße Haar. Im Arm hält er die einzige junge Frau hier drin. Ganz hübsch, höchstens Anfang dreißig, brünett und gut gebaut. Und wenn man die beiden zusammen sieht, ist das Letzte woran man denkt, dass die aus Liebe zusammen sein könnten. So recht gefällt mir nicht, was ich da sehe, denn irgendwie werde ich das Gefühl nicht los, dass die beiden Luise und ich sind. Nur in andersrum.

Ich weiß ja nicht, wie es Tom und Mickey geht, aber für mich ist das hier das Paradies. Wenn ich Tom wäre, würde ich hier ruckzuck mal ein paar Visitenkarten verteilen und dadurch innerhalb kürzester Zeit den Status quo meines Kontostandes verbessern. Aber nicht Tom. Der sitzt bereits an der Bar und hat ganz offensichtlich den Plan, sich die Schnecken hier mit einem dreifachen Whiskey schön und damit Feierabend-verträglich zu saufen. Ganz anders Mickey. Der staunt Bauklötzchen und macht ein Gesicht, als stünde er mitten im Dreh eines Pornofilms und müsste die Akteure direkt vor Ort synchronisieren. Nicht, dass er die Frauen hier gut fände, nein, er benutzt so was nur gerne für sein Repertoire als Schauspieler. Getreu dem Motto: Man kann ja nie wissen, wofür man es noch braucht! Ich bräuchte jetzt allerdings mal Luise. Keine Ahnung, wo die steckt.

»Wo ist sie denn?« fragt mich Mickey.

»Weiß nicht. Scheint noch nicht hier zu sein.«

»Sag mal ... ist sie das nicht da drüben?«

»Wo?«

»Na da, auf der Tanzfläche ... mit diesem ... Dicken da!«

Tatsache! Da hält so eine fette alte Schweinebacke meine Luise im Arm und schiebt sie übers Parkett. Der Typ hat Minimum 130 Kilo auf den Rippen und das, was sein Körper da an Flüssigkeit aussondert, sieht mir gar nicht nach einer Duftmarke aus, von der ich möchte, dass irgend so eine fette Sau sich damit an meiner Freundin reibt! Ein weiteres Mal, dass ich mir ein wenig archaischere Zeiten herbeiwünsche. In denen ich zum Beispiel einfach hinübergehen würde und meiner Luise an`s Bein pisse, um damit unmissverständlich klar zu machen, um wessen Revier es sich hier handelt.

Eine andere Möglichkeit, die mir und vor allem auch Luise sicherlich noch besser gefallen würde, wäre eine Aufforderung zum Duell. Zuerst würde ich dem Typen mit einem mit schweren Bleikugeln aufgefüllten Handschuh auf die fetten Backen schlagen, ihm das Teil vor die moppeligen Schweinefüßchen werfen und dann würden die Waffen gewählt. Da denkt man natürlich zuerst mal an einen Degen. Das hätte sicherlich was, wenn ich dieser speckigen Schweineschwarte mal betont lässig, aber entschlossen zorromäßig meine Initialen in den dicken Wanst ritze. Könnte aber sein, dass der Degen als Mittel zum Zweck der Körpermasse des Feindes nicht gewachsen und damit schlicht ungeeignet wäre. Eine Knarre müsste also her. Walter PPK oder so was, oder besser noch dieses Gewehr, mit dem so geisteskranke Zivildienstverweigerer auf Entenjagd gehen, damit kann man angeblich gleich ´ne ganze Mauer umblasen. Oder noch viel, viel besser: eine Panzerfaust! Ja genau, eine Panzerfaust. Das wär's! Ja, was soll ich sagen? Ich geh halt gern auf Nummer sicher.

»Max? … hallo? … Erde an Max!? … jemand zu Hause?«

»Hä?«

»Ich hab dich was gefragt … ob das nicht Luise … sag mal, was iss'n mit dir?«

»Wieso denn???« erwidere ich leicht gereizt.

»Na, weil du 'ne knallrote Birne hast! Ist dir nicht gut?«

Wenn du mir jetzt 'ne frisch geladene Knarre inklusive Ersatz-Magazin reichen würdest, mein Freund, dann, ja dann ginge es mir gut!

»Doch, doch. Alles ok. Nur 'n bisschen warm hier drin.«

Mickeys Blick wandert zu Tom, der ein paar Meter weiter immer noch an der Bar sitzt und sich dort inzwischen häuslich eingerichtet hat.

»Sag mal, Max, hast du zufällig mitgezählt, wie oft der schon zum Barkeeper „Noch einen!" gesagt hat? Ich hab nach dem dritten Mal aufgehört. Vielleicht wäre es besser, wenn wir so langsam mal die Kontrolle übernehmen. Ich meine, du weißt ja, was passiert, wenn der Musiker voll ist!«

»Ach du Scheiße, bloß das jetzt nicht! Los komm!«

Mickey und ich nehmen Kurs auf die Bar und machen dem Keeper unmissverständlich klar, dass unser Freund jetzt genug hochprozentigen Beistand bekommen hat und daher ab sofort nur noch mit stillem Wasser zu versorgen ist. Das Letzte, was ich jetzt gebrauchen kann, ist ein besoffener Tom Wunderbar. An manchen Tagen kann der Typ zwar tanken wie tausend Russen, aber wenn er einen bestimmten Punkt überschritten hat – und das Problem ist, man kann nie einschätzen, wie früh oder spät das der Fall sein wird – jedenfalls ... wenn er diesen Punkt überschritten hat und dicht ist wie fünftausend Russen, dann fängt er an zu plärren wie zehntausend Babys. Das ist dann so, als ob sich der komplette kollektive Weltschmerz im Körper dieses einen Mannes verabredet hätte, nur um sich dann unvorhersehbar schlagartig und gänzlich unmissverständlich das Gehör der Welt zu verschaffen. Wenn sich da einer mal die Mühe machen würde, diese besoffene Drama-Queen auf Tonband aufzunehmen und mit entsprechender Hardware auf Dezibel zu testen, dann wäre mit ziemlicher Sicherheit ein Eintrag ins Guinness-Buch die Folge.

»Darf ich bitten?«

Mickey und ich drehen uns um und vor uns steht eine absolute Hardcore - Grillette. Soll heißen: Frau, geschätztes Alter irgendwo zwischen 50 und pfff … nach oben könnte das jede Zahl sein, mit einer Stimme, deren Bänder sicherlich täglich in feinsten Single Malt Whiskey eingelegt werden. Und einer Haut, die unverkennbar auf eine Platin – Dauer – Abo - Card für das Sonnenstudio um die Ecke hinweist. Mmh … klasse, es geht doch nichts über ein versoffenes, UV-verstrahltes Etwas, das einen in aller Öffentlichkeit zum Tanz bittet. Ich schaue zu Mickey und seinem Gesichtsausdruck nach zu urteilen, weiß er genauso wenig wie ich, wen von uns beiden die Alte foltern will. Zumal sich Tom schon gar nicht mehr angesprochen fühlt. Doch bevor sich das Geheimnis lüften lässt, ist die Tanzrunde bereits beendet. Das läuft hier nämlich so: Drei Lieder, dann zwanzig Minuten Pause, drei Lieder, zwanzig Minuten ... usw. Das System hat garantiert einer erfunden, der rücksichtsvoll mit einkalkulierte, dass wohl die meisten der Tanzmäuse an der Schaufensterkrankheit leiden. Was damit gemeint ist, erklärt der Mediziner so:

Verengen die Arterien der Beine so stark, dass kaum noch Blut durch sie gepumpt werden kann, macht sich dies in starken Schmerzen bei Belastung der Beine (selten der Arme), das heißt beim Gehen, Laufen, Treppensteigen oder aber auch Radfahren bemerkbar. Diese Schmerzen zwingen sie, stehen zu bleiben und eine Pause einzulegen. Um nicht aufzufallen, wird dies von den betroffenen Patienten gerne mit einem Verweilen vor einem Schaufenster kaschiert. Daher der Name 'Schaufensterkrankheit'. In der Ruhephase reicht die Durchblutung der Beine wieder aus, um eine ausreichende Versorgung der Beinmuskulatur mit Sauerstoff zu erreichen. Die Schmerzen lassen wieder nach. Sobald die Muskulatur aber wieder belastet wird, beginnen die Schmerzen nach einer gewissen Zeit von neuem.

Von daher: Drei Lieder, zwanzig Minuten Pause ...

Nicht, dass sich die Grillette durch die eingeläutete Pause eines Besseren besinnen würde, nein:

»Schade, aber bei der nächsten Runde, abgemacht?!«

Wir wissen immer noch nicht genau, an wen von uns die Ansage eigentlich ging, deshalb reagiere ich vorsorglich und ausgesprochen redegewandt:

»Ähh…«

Doch bevor ich zum Wesentlichen kommen kann, wird das Toastbrot durch einen kräftigen Schubs aus meinem Dunstkreis entfernt. Begleitet von den Worten:

»Mach, dass du vom Acker kommst, Sieglinde! Der hier gehört zu mir!«

Luise. Es geht doch nichts über ein gutes Timing. Hat sich anscheinend doch noch von Schweinchen Dick trennen können. So wie sie da vor mir steht, mit diesem entschlossenen Blick und mit der fest umgriffenen Handtasche in der rechten Hand, bereit zum tödlichen Schlag auszuholen, da möchte man fast strammstehen vor ihr. Und bei Mickey scheint der Weg nicht mehr weit bis dorthin. Den Blick, mit dem er gebannt auf Luise starrt, den habe ich bisher erst ein einziges Mal bei ihm gesehen. Er hatte Geburtstag und uns zu sich nach Hause zum Essen eingeladen. Uns und seine Eltern. Letztere zogen es aber vor, im Auto vor dem Haus noch eine ordentliche Nummer zu schieben, bevor sie uns mit ihrer Anwesenheit beglückten. Und wir sahen vom Küchenfenster aus zu. Also eigentlich sahen nur Tom und ich zu. Mickey machte das gleiche Gesicht wie jetzt, um dann wild gestikulierend ins Bad zu rennen und sehr unschöne Geräusche von sich zu geben. Ich glaube, man kann das so sagen, wenn sich unkontrollierter Brechreiz und Heulkrampf nicht einigen können, wer zuerst raus darf. Will mal hoffen, dass er sich heute auf das komische Gesicht beschränkt.

Luise nimmt mich zärtlich in den Arm und gibt mir einen langen, intensiven Kuss auf den Mund. Während ungefähr 800 Augen auf uns gerichtet sind. Auch die von Sugar-Daddy und seiner brünetten Gespielin. Beide grinsen ... und der Rest rätselt. Auch Mickey. Die Vertrautheit, die in Luises Kuss lag, hatte er offenbar nicht erwartet. Außerdem sieht sie ausgesprochen gut aus. Nicht mal ansatzweise ein Vergleich zu dem Tag, als wir zu dritt in der Bank waren. Keine Ahnung, welche kosmetischen Wundermittel dies möglich machen, aber wenn die Wirkung dermaßen überzeugend ausfällt, na, da warten wir Männer doch gern die zwei Stunden vor dem Bad.

Danke an dieser Stelle an all die Menschen, die es sich zur Lebensaufgabe gemacht haben, aus Bankerinnen, die aussehen wie blutarme, hingeschissene Esoterikbuch-Fachverkäuferinnen, schlicht grazile Sexbomben zu machen! Echt, danke dafür!!!

Stichwort Bank: Jetzt, da ich das noch mal Revue passieren lasse, fällt mir auf, dass wir auch hier ursprünglich mal zu dritt erschienen sind. Seit guten fünf Minuten ist Herr Wunderbar verschwunden. Unterm Barhocker liegt er nicht und die Tanzfläche ist leer. Durch meinen suchenden Blick wird auch Mickey aufmerksam:

»Wo ist eigentlich der Musiker?«

»Ich stand die ganze Zeit bei dir, Mickey! Woher soll ich das wissen?«

Auch Luise scheint jemanden zu suchen.

»Wisst ihr was, seht ihr den Tisch da hinten? Da sitze ich mit meinen Freundinnen. Sucht ihr euren Freund und kommt dann rüber, ok?«

»Ok.« stimmen wir beide zu.

Sie küsst mich noch mal zärtlich, fast so, als würden wir uns länger nicht sehen, und geht ihres Weges. Mickey schaut mich verwirrt an und sieht aus, als wolle er was loswerden.

»Wenn du was zu sagen hast, dann sag's!«

»Hm? Nö, nö … so schlecht sieht sie gar nicht aus, was?«

»Ist mir auch schon aufgefallen.«

»Du bist tatsächlich der Richtige für den Job. Sehr überzeugend. Die denkt bestimmt, du wärst tatsächlich an ihr interessiert!«

»Tjaha, so bin ich halt … ähem, … so … du Schauspieler, du! Wo würdest du dich verstecken, wenn du ein erfolgloser Musiker wärst, deine besten Freunde dich in einen Laden wie diesen hier geschleppt hätten und du nicht wüsstest, was du mit Frauen sprechen sollst, die über 40 Kilo wiegen?«

»Klo?«

»Klo!!!«

30 Sekunden und eine überfüllte Damentoilette später, finden wir Tom in einem bemerkenswert sorgenerregenden Zustand. Eingeschlossen, oder treffender wäre wohl verbarrikadiert, in einer Klokabine einer ansonsten leeren Herren-Toilette.

»Sag mal, willst du nicht so langsam mal rauskommen oder gibt es rein körperliche Gründe dafür, es nicht zu tun?« frage ich den Mann.

»Die gibt es bestimmt, hat aber wohl mehr mit den Körpern da draußen zu tun!« amüsiert sich Mickey.

»Ja ja ja, macht ihr nur eure blöden Witze da draußen! Ihr könnt froh sein, dass die Klos hier keine Fenster haben, sonst wäre ich längst stiften gegangen!«

»Wieso denn? Also, so schlimm ist es doch nun wirklich nicht!«

Dabei sehe ich Mickey skeptisch an, als er das sagt, worauf er einsichtig nickt und meint:

»Ok, es ist schlimm, aber seit wann bist du denn so eine Memme?«

Wieder sehe ich Mickey an, worauf er erneut einsichtig nickt:

»Ok, du warst schon immer eine, aber jetzt mach, dass du da rauskommst!«

»Nee, ich will nich'…«

Tom wird mit jedem Wort leiser. Außerdem lallt er schon ordentlich:

»… hab Angst. Da draußen sitzt so ein … unglaublich … wirklich unglaublich … dickes Teil, das mir die ganze Zeit Küsse zuwirft und mir zuzwinkert. Ich glaube, die wartet nicht mehr lang. Und wenn die aufsteht, will ich nicht in der Nähe sein. Bitte, bitte, ich willl heeeiiim!«

Toms Stimme zittert, geschüttelt vom Suff und gerührt von der Angst.

»Ach Tom, jetzt komm doch wieder mit raus. Mensch, das sind doch lauter nette Frauen da draußen. Wahrscheinlich sind die meisten sowieso verheiratet und kommen nur deswegen hierher, weil die Ehemänner nicht tanzen können. Da wird die Dicke auch keine Ausnahme sein. Die haben bestimmt besseres zu tun, als hier drei Jungs wie uns zu vergewaltigen…«

»Hamm'se nich'!« unterbricht mich Mickey.

»Mensch, kannst du vielleicht mal's Maul halten, der kommt doch da nie wieder raus, wenn du so weiter machst!« flüstere ich Mickey leise, aber energisch zu.

»Also, was ist denn jetzt? Kommst du, oder was? Stell dich gefälligst nicht so an!!!« mosern wir beide.

Man hört einen tiefen, widerwilligen Seufzer und dann ein sehr zurückhaltendes Öffnen des Türriegels.

Er schielt mit einem Auge durch den Türspalt, um ganz sicher zu gehen, dass außer uns niemand vor der Tür steht und ihn sogleich seines Erbguts berauben will.

An Luises Tisch geht die Post ab. Zwei Frauen, die uns als Bärbel und Margit vorgestellt werden, sind schon so besoffen, dass sie denken, bei uns dreien handle es sich um das originale Rat-Pack. Und Tom hätte jetzt wohl auch gerne einen von Sinatras Mafia-Kumpels, denn er fürchtet sich gar sehr. Sein Blick gleicht einem Fuchsrudel am Abschusstag. Unser Freund sitzt endlich, eingekesselt von Bärbel und Margit, und so kann ich mich zu guter Letzt meinen eigenen Bedürfnissen widmen und gehe zurück an die Bar, um mir etwas zu trinken zu holen.

Die Brünette von Sugar - Daddy stellt sich neben mich und grinst mich bescheuert von der Seite an.

»Na, euch hat man wohl gleich zum vollem Programm verdonnert, was?«

»Äh, wie meinen?«

»Na, gleich drei von diesen Herbstblüten! Da muss man sich ganz schön überwinden für's Geld, was?«

»Äh, Entschuldigung, nochmal: Was?«

Die Brünette sieht mich zweifelnd an.

»Also, ihr werdet doch hoffentlich dafür bezahlt, dass ihr diese faltigen Quartaschen lang legt, oder???«

»Äh, nein!«

Die Brünette glotzt ungläubig.

»Soll das heißen, ihr seid freiwillig hier???«

»Ja«.

»Ach, du Scheiße! Dann nehmt ihr die Weiber so aus, was? Hm, auch nicht schlecht!«

Die Brünette verkneift sich mühsam das dumme Lachen, das ich ihr jetzt gerne aus ihrer nuttigen Fresse polieren würde. Sie kramt in ihrer Tasche herum, zieht etwas heraus und sagt:

»Hier! Falls ihr mit der Nummer auch mal legal Geld verdienen wollt!«

Sie legt mir eine Visitenkarte hin, auf der steht:

TIME SOLUTIONS
Die Begleitagentur für SIE und IHN

Dann dreht sie sich um. Lacht noch mal dumm und geht auf den armen alten Trottel zu, der gerade vom Klo zurückkommt. Die sind nicht das Pendant zu Luise und mir! Nein, sie ist das Pendant zu Tom. Die Tusse ist ′ne Gigolette.

Zurück am Tisch. Luise schmiegt sich fest an mich, während sie mit ihrer Hand fest über meinen Oberschenkel streichelt. Sie küsst mich auf den Hals und berührt mein Ohr mit ihrer Zunge. Dann flüstert sie:

»Bring mich heim!«

»Wir sind doch gerade erst gekommen!« erwidere ich erstaunt.

Luise küsst mich weiter und haucht:

»Bring mich heim!!!«

Na, von mir aus! Schön, dass sich wenigstens manche Probleme von alleine lösen. Ich bin nämlich froh, wenn ich aus dem Schuppen rauskomme, denn ich habe genug. Und auch für meine Freunde wird es höchste Zeit. Mickey entwickelt sich allmählich zum Profiler, der inzwischen nicht mehr nur beobachtet, sondern auch schon Notizen macht. Und Tom ist hackedicht. Erfreulicherweise hat er sich für das Alternativ-Programm zum Weltschmerz entschieden. Komatöse Abwesenheit. Er sitzt da, mit nach vorne hängenden Schultern und starrt auf sein Glas. Durch die Riesenpupillen eines chronisch Bekifften. Schön, dass er uns die Heulboje erspart hat. Ich beuge mich zu Mickey und lasse ihn wissen, dass es so langsam an der Zeit ist, zu gehen:

»Sag, kannst du Tom nach Hause bringen? Ich würde euch ein Taxi rufen, denn ich muss noch mit zu Luise, du verstehst …!«

Mickey grinst verständnisvoll dreckig und gibt mir allein mit seinem Blick zu verstehen, wie oscarreif genial er die Nummer findet, die ich hier abziehe.

»Ja, iss' doch klar, Amigo. Ein Mann muss tun, was ein Mann …«

»Ja ja ja ja … bring du nur den Musiker heil nach Hause, ok? Der Mann wird nämlich beobachtet, also sieh zu, dass du ihn ohne Zwischenfälle hier rausbringst, ja?«

»Von wem beobachtet?« fragt Mickey irritiert.

»Von der dicken Blonden, vor der er sich auf dem Klo versteckt hat.«

»Wo?«

»Da drüben, übernächster Tisch, auf 10 Uhr.«

»Auf was? Wie zehn Uhr …?«

»Himmel ... der blonde Bomber da drüben in dem lila Kleid, links hinter dir!!!«

Mickey dreht sich unauffällig in die Richtung, in die ich ihn beinahe schlagen wollte, und endlich:

»Uiih, das sieht nicht gut aus, Max. Hast du den Blick von der gesehen?«

»Ja, ich hab den Blick gesehen! Also, ich ruf euch jetzt ein Taxi und du lässt den Mann erst alleine, wenn er im Bettchen liegt und du die Tür von außen verschlossen hast, klar?«

Wir verabschieden uns von Luises Freundinnen und verlassen unter Erregung größten Aufsehens das Gebäude.

»Das Taxi wird sicher gleich da sein, ihr braucht nicht zu warten, fahrt ihr ruhig schon.« meint Mickey zu Luise und mir.

»Bist du sicher? Euer Freund sieht gar nicht gut aus.« erwidert Luise.

Tom sieht echt scheiße aus. Aber dafür kriegt er es wenigstens nicht mehr mit.

»Gut, dann gehen wir jetzt. Pass mir gut auf ihn auf und du bringst ihn ins Bett, ok? Versprochen?«

»Jaaa, Max! Du weißt doch, auf den guten Mickey ist Verlass!«

»Hm ... gut, also dann, kommt gut nach Hause. Bis morgen, ja?«

»Ja, ihr auch. Ciao.«

Luise und ich gehen um die Ecke und überqueren die nächste Straße bis hin zu meinem Wagen. Ich fasse in meine Jackentasche und will meinen Schlüssel rausholen. Aber da ist kein Schlüssel. Panik macht sich in mir breit. Meine Gehirnwindungen drehen sich einen Wolf und scheuen keine Mühen, um die letzten Minuten Revue passieren zu lassen ... und da ... plötzlich ... Moment ... da war gerade ein Bild ... halt ... Moment ... zurückspulen ... Stopp ... Standbild ... Ja! Genau: der Tisch. Ich hab ihn auf den Tisch gelegt, so wie ich das immer mache. Und hab ihn liegen lassen. So, wie ich das sonst nie mache.

»Du, ich muss noch mal kurz zurück, ich glaube, ich habe meinen Autoschlüssel auf dem Tisch liegen lassen. Hoffentlich sind deine Freundinnen noch am Platz.«

»Ja, dann geh schnell, ich warte so lange, ok?«

Schnellsten aber kontrollierten Schrittes gehe ich die Straße zurück. Nur nicht rennen! Rennende Enddreißiger sehen nur gut beim Rennen aus, wenn sie seit ihrem achten Lebensjahr jede freie Minute für den Iron Man trainieren! Alle anderen sollten ab 30 nur noch schnell gehen, wenn's die Situation denn unbedingt erfordert! Für Frauen gilt dies übrigens in besonderem Maße. Rennende Frauen sehen in jedem Alter kacke aus. Das ist für uns Typen der gleiche Libido-Killer wie die Nummer mit dem Nasenbohren. All dies berücksichtigend, gleite ich geschmeidig um die Ecke und sehe gerade noch Tom aus dem Rückfenster schauen. Aber nicht aus dem Rückfenster eines Taxis. Nein, aus dem Rückfenster eines roten Opel Corsas. Hä? Wieso sitzt Tom in einem roten Opel Corsa? Und wieso ohne Mickey? Moment … jetzt fällt mir auf … oh nein! … jetzt fällt mir auf, wer da am Steuer sitzt! … DER BLONDE BOMBER! TOOOM, SCHNEEELLL, RAAUUUS DAAA, MACH, DAS DU DA RAUS KOOOOMMMSSST!!!!! NEEEIIIN!!!!!!!!! Scheiße, Fuck … zu spät! Der Corsa gibt Gas und Toms Blick durch das Rückfenster erinnert an ein Lamm, das zur Schlachtbank abtransportiert wird. HOLY SHIT! Wo ist dieser abgefuckte Schauspieler? Wenn man einmal was von dem will, echt hey!!!

»Max? Was machst du denn noch hier? Und wo ist Luise? Ich dachte, ihr seid schon weg.«

»Ach, sieh mal an, der Herr Schauspieler! Möchte wissen, was ich hier noch mache, ja? Und wo Luise ist, jaa? Mich würde aber viel mehr eines interessieren: WO IST TOM, HÄÄÄ??? DU SCHWÄBISCHER SPÄTZLESSCHEIßER, DU!!! EIN GEHIRN MACHT HALT NOCH KEINEN VERSTAND, WAS??? ...«

Mickey weiß nicht so recht, wie ihm geschieht und sieht sich verwirrt um:

»Ähhh ... Wo ist Tom denn?«

»WO TOM IST? WO TOM IST??? TOM IST AUF DEM WEG ZUM SEX SEINES LEBENS. NUR, DASS ER DAS NICHT SO SEHEN WIRD! DER BLONDE WALFISCH HAT IHN ENTFÜHRT! IN EINEM ROTEN CORSA! UND WO BITTE WARST DU??? HÄ???«

Mickey jammert kleinlaut:

»Auf'm Klo.«

»Hey, du brauchst doch wirklich so eine Art persönliche Assistentin im Alltags-Management, oder? Jemand, der dir die Entscheidungen abnimmt, jemand der dich betreut, rund um die Uhr!!!«

»Äh...«

»Gib es zu, irgendwo auf der Welt ist gerade irgendjemand mit einem Betäubungsgewehr auf der Suche nach dir, stimmt's???

»Äh ... hey, es tut mir echt leid, Max ...«

»Ja ja ja, komm, hör mir auf!«

»Was ... was sollen wir denn jetzt machen?«

»Wir? Was wir jetzt machen? Also, ich weiß ja nicht, was du jetzt machst, aber ich geh jetzt da rein, hole meine Schlüssel, die ich „zum Glück" vergessen habe. Gott sei Dank, stell dir vor, ich hätte meine Schlüssel nicht liegen lassen, dann wäre mir jetzt echt was entgangen! Na, wenn's das nicht wert war! Also, ich geh jetzt da rein, komme wieder raus und dann bringe ich Luise ins Bett. Und dann, mein Freund, dann wird mir das gleiche Schicksal zuteil wie unserem lieben Freund Tom. Nur, dass ich's gut finde. Er nicht. Klar soweit???«

»Sollen wir denn gar nichts unternehmen?«

»Was willst du denn unternehmen? Hast du die Adresse von dem Viech? Wohl kaum! Und selbst wenn wir die Autonummer hätten, welche wir nicht haben, weil ich zu sehr damit beschäftigt war, ein Bilderrätsel mit einem besoffenen Musiker, einem roten Opel Corsa und einem unsichtbaren Schauspieler zu lösen, also: selbst wenn wir die Nummer hätten, was sollten wir damit tun? Zur Polizei gehen? Was sagen wir denen? „Entschuldigen Sie, Herr Polizeibeamter, zur aktuellen Sachlage können wir Ihnen nur bedingt Auskunft erteilen. Fakt ist, dass unser werter Herr Kollege von einem Subjekt unbekannter Herkunft an einen Ort ebenfalls unbekannter Natur verschleppt wurde. Zu vermuten bleibt, dass das Subjekt das Opfer seiner Kleidung entledigen und nichts unversucht lassen wird, es trotz höchst alkoholisierten Zustands zur Kohabitation zu zwingen!" Damit würden wir zwar ganz und gar die Sprache der Herren Beamten sprechen, aber je mehr Details die über den Abend erfahren würden, desto toter würden sie sich lachen, also vergiss es!«

»Aber … irgendwie ist es ja auch … lustig …, findest du nicht?«

»Nein. Jedenfalls nicht, solange er nicht wieder aufgetaucht ist!«

»Hey, es tut mir echt leid, aber ich musste so dringend …«

»Erklär das lieber Tom, wenn du ihn das nächste Mal siehst. Und wenn ich mir das so vorstelle, fallen mir nur zwei Worte ein: Multiple Prellungen. Das ist es, was er dir vermutlich zufügen wird. Aber vielleicht hast du ja auch Glück und er Verständnis, nur halte ich diese Entwicklung der Dinge für eher unwahrscheinlich. Also ... ich muss dann mal, Luise wartet.«

»Ok, Max … dann … noch viel Spaß, ja?«

Ich versuche ein möglichst pflichtbewusstes Gesicht zu machen.

»Ja, danke. Einer muss es ja machen. Also, bis Morgen.«

Mann, Mann, Mann! Würden wir drei die Türen zu unseren Köpfen öffnen wollen, dürfte das nicht ohne Begleitung eines Spezialisten geschehen! Irgend so ein „Prof", der dann über uns eine mehrteilige Abhandlung in „Psychologie Heute" schreibt. So weit wird's noch kommen. Und dass ich jetzt in meinem Auto neben einer Fast-Sechzigjährigen sitze, mit dem Auftrag, diese zu einer Kreditvergabe zu bewegen, inzwischen aber von einem Zielwasser - getunten Amor mit der Dame in die Daunen geschossen wurde, dürfte kaum hilfreich sein.

Als ich Luise im Wagen von Toms „Entführung" erzähle, amüsiert sie sich prächtig. Sie erzählt, sie kenne diese Frau nicht persönlich, aber es hielte sich hartnäckig das Gerücht, dass sie ab und an, sofern sich die Gelegenheit bietet, dem einen oder anderen Mann was in den Kaffee tut, um … sagen wir mal, ihn geil zu machen! Na, viel Spaß, Tom! Heute Nacht und die nächsten zehn Jahre beim Therapeuten.

Seit ich vor einer Woche zum ersten Mal bei Luise zu Hause war, habe ich keine Nacht mehr in meinem eigenen Bett verbracht. So wohl auch heute Nacht. Als ich vor drei Tagen mal wieder in meinem eigenen Bettchen schlafen wollte, weil ich am nächsten Morgen einen Termin mit einem Literaturagenten hatte, fragte mich Luise, was ich denn da wolle. Also, nicht bei dem Agenten, sondern nachts zu Hause. Einfach mal schlafen, schien mir eine gute Antwort zu sein. Allerdings: beim Anblick ihrer unglaublichen Brüste schien es mir gleichermaßen eine sehr, sehr dumme Antwort zu sein. Also, warum mich alleine in den

Schlaf wiegen, wenn die Alternative zwei wohlge-
formte, warme Brüste sind, unter denen ein liebendes
Herz schlägt und an denen wohlgemerkt, auch noch
alles echt ist?! Solche Brüste haben bereits in diesen
Tagen Seltenheitswert. Brüste, die sich noch lebendig
anfühlen, die noch niemals in ihrem Leben ihr Antlitz
einem Operationsmesser feilboten. Echte Brüste an
einer Frau, an der auch sonst noch jedes Gramm, respektive Kilo im Originalzustand ist. Solche Frauen
wird man in zehn bis zwanzig Jahren wie die Blaue
Mauritius handeln. Ganz sicher. Von dieser Briefmar-
ke gibt es weltweit nur noch 26 Stück und wenn jemand verkauft, gehen die Preise in die Millionen!
Und genau so wird es in einigen Jahren mit den un-
operierten Damen dieser Welt sein. Und dabei kann
es sich nur um ein paar wenige Ü-50-Ladys handeln,
denn die Jüngeren sind ja schon jetzt fast alle general-
überholt. Und die paar Handverlesenen werden dann
mein sein! Ich werde sie entern wie Captain Jack
Sparrow die Black Pearl! Ich werde für sie kämpfen,
fechten, schießen. Kein dickärschiger Stiernacken
wird daherstampfen und sie mir beim Walzer unauffällig ausspannen. Hat die fette Sau doch tatsächlich
die Nerven, sich in aller Öffentlichkeit an meiner
Luise zu reiben.

Hm, ob sie das machen würde? Wenn ich nicht dabei
gewesen wäre? Mit dem Dicken das Bettchen teilen?

Sein Ding in die Hand nehmen, so wie sie es bei mir tut? Oder gar in den Mund?? Ihn in sich eindringen lassen??? Bilder gleich eines shakespearehaften Dramas fluten meine linke Gehirnhälfte.

Bäh, hör auf jetzt!

Ich will das aber wissen!

Aber warum?

Weil ich es wissen will, und überhaupt, wer spricht da eigentlich?

Dein Über-Ich, die Stimme in deinem Kopf, die weiß, was gut für dich ist!

Aha, und wo warst du vorhin, als ich meinen Freund Tom vor einer XXL-Portion Höllensex hätte bewahren können???

Nicht mein Zuständigkeitsbereich. Ich bin eher dafür zuständig, dass du nicht in solche Situationen gerätst.

Ach was! Na, da warst du in den letzten Jahren wohl öfters mal ´nen Kaffee trinken, was?

Äh...

Hör mal, ich werd Luise jetzt fragen, was das mit dem Typen war ... ich will das wissen!

NEIN, TU ES NICHT ... TU ES NICHT!

»Sag mal ...«

»Hm?«

TU ES NICHT!!!

»... der Dicke da ... na, du weißt schon ... mit dem du getanzt hast, bevor wir uns getroffen haben ...«

»Ja?«

»Kanntest du den schon?«

»Ja, warum?«

»Och, nur so. Kam mir irgendwie so bekannt vor.«

NA TOLL. Was Besseres ist uns wohl nicht eingefallen, was?

»Aha.«

»Und … kennst du den gut?«

»Warum?«

»Ihr habt irgendwie so … vertraut ausgesehen.«

»Bist du eifersüchtig?«

»Pfffh, auf den??? Pah, wohl kaum! Warum, hätte ich denn einen Grund?«

»Suchst du vielleicht einen Grund?«

»Äh, wie meinen?«

»Na, vielleicht willst du einfach eifersüchtig sein?«

»Also, nur mal angenommen, ich wäre eifersüchtig, was ich nicht bin, aber … wer will denn bitte schon eifersüchtig sein?«

»Was weiß denn ich? Du kennst doch sicher den Spruch „Die Eifersucht ist die Leidenschaft, die mit Eifer sucht, was Leiden schafft!"«

Ich glaub, ich spinne, jetzt zitiert ausgerechnet die Frau, die vor einer guten Stunde noch Willens war, eine Solariumverstrahlte mit ihrer Handtasche zu töten, den Schleyermacher.

»Ja, den kenne ich. Ich kenne aber auch den Topos von der Unbeständigkeit des Glücks, welchen Heinrich Heine so beschrieb: „Sie weilt nicht gern am selben Ort; sie streicht das Haar dir aus der Stirne/Und küsst dich rasch und flattert fort."«

Schweigen. Langes Schweigen. Ja, was sollte man dem auch noch hinzufügen? Für mich war das gerade eben eine weitere Lektion in Sachen Akzeptanz und Toleranz in Bezug auf das männlich/weibliche Gesprächs-Verhalten und Antworten, die eigentlich keine sind.

Ich hab's dir doch gesagt!

Ja ja ja. Toll. Und was jetzt? Die sitzt jetzt neben mir und sagt kein Wort.

Wahrscheinlich denkt sie noch über Heines Eigenart nach, Nutten mit Glück zu vergleichen! Also sag doch einfach mal auch nichts!

Hm. Wir sind jetzt sowieso da. Vor Luises Haus. Und die Stimmung ist im Arsch. Nicht nur bei mir, denn sie hat meine Fragen irgendwie gar nicht gut aufgenommen. Seltsam. Eigentlich freut man sich doch, also zumindest noch in Phase 1 einer neuen Beziehung, wenn der Partner signalisiert, dass er Konkurrenz nicht witzig findet und dieser im Ernstfall ganz schnell den Garaus machen würde. Luise steigt nicht sofort aus, sie zögert einen Moment, es sind nur ein, vielleicht zwei Sekunden, aber ich weiß genau, was die bedeuten. Aber nicht mit mir, das kann ich besser:

»Du, vielleicht schlafe ich heute Nacht doch mal wieder zu Hause.«

Jetzt macht Luise ein Gesicht, das ich bei ihr noch nicht gesehen habe. Ähnlich dem, mit dem ich bei unserem ersten Treffen in der Bank das Vergnügen hatte. Ich bin sicher, dass sie mir den gleichen Vorschlag machen wollte, dass ich nun aber schneller war, schien ihr überhaupt nicht zu gefallen. Was darauf hindeuten würde, dass ihr Vorschlag, wenn sie ihn denn vorgeschlagen hätte, lediglich ein taktischer gewesen wäre. Und das würde bedeuten, dass sie gar nicht will, dass ich gehe. Was ich aber tun werde. Egal, was sie jetzt sagt. Ich gehe.

»Schade. Ich hatte mir gerade überlegt, ob ich dich gleich hier verführen soll. Vielleicht weißt du dann wieder, zu wem ich gehöre!!!«

»Äh...«

Ok, das habe ich jetzt nicht kommen sehen.

DU SCHWACHKOPF. SOVIEL ZUM THEMA WIR-WISSEN-WAS-FRAUEN-WOLLEN!!! HAUPTSACHE, IMMER SCHÖN EINEN AUF DICKE HOSE MACHEN, WAS?

Luises Hand gleitet zwischen meine Beine. Sie gibt sich richtig Mühe, mich umzustimmen. Jetzt nicht so im Sinne von: „Jetzt komm halt mit!", nein, eher im Stile von: „Hallo, ich bin ab sofort ihre persönliche Assistentin im Orgasmus-Management!". Ich bin begeistert. Allerdings, gute Angebote hin oder her, wir sitzen hier in einem Mini Cooper und Luise wird, wohlwollend geschätzt, um die 80 Kilo wiegen ... da hielte ich es doch für Erfolg versprechender, wenn wir jetzt nach oben gingen und ihr Schlafzimmer auf links drehen würden!!!

Zwei Stunden und eine höchst körperbetonte Versöhnung später zieht Luise mich mit ihren Armen fest an sich, so dass ich deutlich ihre immer noch harten Brustwarzen an meinem Rücken spüren kann. Sie küsst zärtlich meinen Nacken und haucht:

»Willst du eigentlich nie Kinder?«

»Nö.«

»Echt? Noch nie den Wunsch gehabt?«

»Nö. Nie. Und du?«

Luise schweigt einen Moment auf meine Gegenfrage.

»Es hat sich einfach nicht ergeben.«

»Was heißt das? Aus biologischen Gründen oder nicht den Richtigen für den Job gehabt?«

»Irgendwie beides. Als ich mit meinem Ex-Mann noch ganz frisch verheiratet war, wollten wir beide Kinder, aber es klappte nicht. Und nach ein paar Jahren war mir irgendwann klar, dass wir wohl auch nicht zusammen alt werden. Da war ich dann ganz froh, dass es nicht geklappt hat.«

»Und danach? Kein potentieller Ernährer und Kindesvater mehr in Sicht gewesen?«

»Eigentlich nicht, man ist halt verheiratet und lebt irgendwie vor sich hin. Klar gab es mal den einen oder anderen, der mich angebaggert hat, aber meistens waren das Ehemänner von irgendwelchen Freundinnen. Echt das Letzte, na ja ... außerdem war ich ja auch im Beruf wieder ziemlich eingespannt ... wie das halt so ist ... aber mit dir ...«

»Was mit mir?«

»... mit dir hätte ich gerne ein Kind!«

SCHLUCK.

»Äh, wie meinen?«

»Ja, ehrlich. Ich wünschte, das würde gehen ...«

In meinem Kopf groovt ein Gospelchor und singt ein Hallelujah auf die Wechseljahre!!! Jaaa, gebt alles!!!

»... das ist das erste Mal seit damals, dass ich mir wieder mit jemandem ein Kind wünsche. Und selbst damals wollte ich es nicht so sehr wie jetzt!«

Na, wenn das mal nicht 'ne Riesen-Idee ist! Luise und ich. Ein Kind. Eine durchgeknallte Fast-Sechzigjährige und der wahrscheinlich allerletzte leibliche Nachkomme von Giacomo Casanova. Der noch mal die volle Dröhnung des Original-Erbguts abbekommen hat. Lediglich die Portion guten Geschmacks ist über die Jahrhunderte verloren gegangen. Würden wir uns vermehren, wäre das fatal. Da könnte man gleich einen Liter Chlor in den Gen-Pool mischen. Das wäre wohl auch das erste Mal in der Geschichte der Fortpflanzung, dass der Vatikan eine Runde Kondome springen lässt. Denn soviel steht fest: Kein Kind der

Welt braucht Eltern, bei denen der Vater 40 und die Mutter 60 Jahre älter ist als es selbst. Da sind regelmäßige Prügel in der Kindheit ja schon vorprogrammiert. Dazu braucht's dann nicht mal ´ne Rütli-Schule.

»Aber sag mal, was ich dich schon die ganze Zeit fragen wollte, was macht ihr denn jetzt wegen dem Hotel?«

Uih, die kommt aber auch von einem ungünstigen Thema auf das nächste. Wieso gerade jetzt? Nachts um halb drei! Was ist das nur mit Frauen, wenn normale Menschen schlafen wollen? Meine Güte!

»Inwiefern???«

»Na, ihr müsst doch irgendwie zu dem Geld kommen, wenn ihr das gute Stück behalten wollt!«

Hm. Gutes Argument.

»Ja, schon. Aber vielleicht soll es halt auch einfach nicht sein.«

Luise scheint überrascht.

»In der Bank hatte ich aber schon den Eindruck, dass es euch sehr wichtig ist. Außerdem, wenn man es richtig macht und die richtigen Leute im Boot hat, könnte das vielleicht wirklich eine lohnenswerte Investition sein!«

»Woher kommt denn auf einmal dein Interesse an dem Projekt? Als wir in deinem Büro saßen, hörte sich das noch ganz anders an!«

»Ja, aber da ihr sicher auch bei anderen Banken euer Glück versucht habt, weißt du ja, dass es in eurer Situation schlicht unmöglich ist, einen solchen Kredit zu bekommen. Aber jetzt, ich meine, jetzt, da ich dich kenne, möchte ich dir schon gerne helfen.«

Oh Mann. Luise. Luise. Wenn das Geld noch das wäre, was ich wollte, dann wäre das jetzt wohl eine Riesen-Neuigkeit. Aber wenn mir alles so egal wäre, wie dieses Hotel …

»Weißt du, ich will ehrlich zu dir sein, als ich dich am Anfang mit den Blumen überhäufte und Kontakt mit dir aufnahm, spielte der Gedanke, dass du uns vielleicht doch helfen würdest, durchaus eine gewisse Rolle … aber als ich dich dann kennen lernte, du weißt, unser erster Abend, der Kuss im Keller, das hat mich alles total umgehauen! In dieser Nacht habe ich mich in dich verliebt!

Luise schluckt, sagt aber kein Wort. Ich drehe mich um und sehe sie direkt an.

»Verstehst du, Luise? Das Hotel ist mir egal. Ich will nur dich … ich … ich liebe dich!!!«

Luise sagt nichts. Sie sieht nur an die Decke und es ist offensichtlich, dass sich ihr Hirn einen Wolf dreht. Wenn das jetzt mal kein böser Fehler war. Man sollte „Ich liebe dich" wirklich, aber auch wirklich nur dann zu jemandem sagen, wenn die Chance auf ein „Ich liebe dich auch" bei nahezu 300 Prozent liegt. Und das war ja jetzt wohl ein Schuss in den Ofen. Luise dreht sich zu mir, drückt ihren Kopf an meine Wangen. Sie atmet schwer und tief. Sie drückt sich fester an mich und streichelt meinen Handrücken. Aber sie sagt nichts. Ihre Augen sind tränengefüllt und eine einzige bahnt sich den Weg über Luises Wange. Das kommt davon, Schwachkopf. Aber ich musste ja unbedingt den Aufrichtigen geben! Als ob man dafür Applaus erwarten dürfte. Tzzz, wie blöd kann man eigentlich sein???

»Luise, es tut mir leid, ich …«

Sie legt ihren Zeigefinger auf meinen Mund und holt tief Luft.

»Ich bin davon ausgegangen, dass es mit dem Kredit zu tun hatte, als ich die Wagenladungen an Blumen bekam. Aber ich habe mich bewusst darauf eingelassen. Du hast mir von Anfang an gefallen und ich dachte mir, vielleicht mag er mich ja wenigstens ein bisschen. Und selbst wenn nicht, ich hätte es akzeptiert. Ich hätte mich trotzdem auf dich eingelassen. Aber was glaubst du wohl, warum ich gleich an unserem ersten Abend mit dir ins Bett wollte? Ich wollte dir so nah sein, wie nur irgend möglich, so nah, so eng, dass dein Körper sich an mich erinnert und du vielleicht gar keine Chance mehr hast, dich von mir zu distanzieren. In diesem Moment wusste ich, dass ich mich in dich verliebt habe! Und dass ich dich will! Und jetzt gebe ich dich nicht mehr her!«

Sie drückt sich fest an mich und beginnt wieder, mich zu küssen. Ach, Luise ... Luise ...

DANTES INFERNO

Das Haus, in dem sie wohnt, ist am Rande eines Industriegebietes, direkt neben einem Autohändler. Ein hässlicher quadratischer Klotz, der kaum den Anschein macht, als sähe es drinnen besser aus. Sie schließt die Haustüre auf, nimmt mich an der Hand und zieht mich hinein. Die Schritte hinauf zu ihrer Wohnung sind der Weg nach Golgatha. Lang und beschwerlich. Weiße, sich windende Körper mit schreienden, schmerzverzerrten Gesichtern scheinen durch den Boden der Treppenstufen empor zu gleiten. Ihre Arme langen und greifen nach mir, als wollten sie mich hinabziehen ins Dunkel des Betons. Ich versuche zu beten. Lieber Gott, gib mir die Kraft, die Dinge zu ändern, die ich ändern kann; gib mir die Gelassenheit, die Dinge zu akzeptieren, die ich nicht ändern kann; und gib mir die Weisheit, beides voneinander zu unterscheiden; und wenn die Torte oben unter Einfluss der Wohnungsbeleuchtung besser aussehen würde als draußen bei Tageslicht, dann wäre ich dafür auch mehr als dankbar. Amen.

An den Decken und Wänden des Hausflurs schlängeln sich die grauen, nach mir greifenden Körper, ihre verzweifelten, geschändeten Gesichter schreien mich an. Aber ich höre nichts. Alles bewegt sich wie in Zeitlupe. Flammen, die aus dem Boden schießen, züngeln sich an meinen Beinen hinauf. So sieht also das Tor zur Hölle aus. Wir sind angekommen. Sie öffnet ihre Wohnungstüre und macht das Licht an. Die Beleuchtung ist gut. Zu gut. Sie dreht sich zu mir um, kommt auf mich zu und schließt die Tür hinter mir. Ihre dicken, weißen, mit feinen rot-blauen Äderchen durchzogenen Arme, an deren Ende ganz furchtbar schlecht durchblutete Wurstfinger baumeln, wollen sich unbedingt mit meinem olivefarbenen, ja beinahe noch mit einem jugendlichen Teint versehenen Oberkörper vereinen. Mir gefällt überhaupt nicht, in welche Richtung hier die Post abgeht!

Ok, was ein Mann wie ich jetzt braucht, ist ein Plan B. Das Klo scheint mir dafür der geeignete Ort. Das hat zwar schon in der Tanzbar nicht funktioniert, aber egal. Sie macht uns so lange einen Espresso. Hoffentlich schmeckt der besser, als die Espressomaschine vermuten lässt! Doch halt! Was müssen meine offenbar noch nicht genug gepeinigten Augen hier sehen??? Aschenbecher! Im Bad! Und nicht einer! Nein! Drei!!! Und alle randvoll mit Kippen!!! Also, ich bin bestimmt tolerant, aber das ist ein Anblick, durch den bei mir so einiges den Dienst quittiert. Unter anderem mein Verstand, denn jetzt entdecke ich eine Mords-packung Antibabypillen auf der Ablage vom Waschbecken!!! Obwohl, immerhin scheint sie ein gewisses Verantwortungsgefühl ihrer Umwelt gegenüber zu haben und plant nicht, die Welt mit Abspaltern zu vernichten! Davon abgesehen, mit wem auch?

Es ruft schon. Der Espresso sei fertig. Ich verlasse die Raucherecke. Ohne Plan B. Wir setzen uns zusammen aufs Sofa, vor einen an Hässlichkeit kaum zu überbietenden braunen Holz-Couchtisch, dessen Platte mit türkisfarbenen Kacheln überzogen ist. Ich hasse Couchtische. Und darauf steht ein Espresso, der irgendwie seltsam anmutet. Wie so gar nicht von dieser Welt. Ihre ungefähr drei mal drei Meter großen Augen starren mich freudig, ja geradezu begierig an. Wie die Schlange Kaa die Dumpfbacke Mogli. Sie steht auf, um eine CD einzulegen. „Hello again", und im Hintergrund sülzt Howard Carpendale. Ich mag den Mann, aber ich will ihn nicht singen hören.

Und wie sie so unvergleichlich durchs Wohnzimmer trampelt, muss ich unweigerlich an den Film „Der Elefantenmensch" denken. Vor allem jetzt, da ich ihre Füße sehe! Und die kann ich leider gut sehen, da sie nur noch Holzpantoletten anhat. Riesenteile. Also, im Urlaub braucht die keine Flossen. Sie reicht mir die Espressotasse und mir fällt auf, dass sie auch mit ihren schlecht durchbluteten Wurstfingern viel, viel Wasser verdrängen könnte. Was sie damit sonst noch tun könnte, will ich gar nicht wissen. Sie quetscht sich wieder zu mir aufs Sofa. Dabei merke ich schnell, dass es ihr nicht so sehr auf Konversation ankommt. Fragen tun sich auf. Wie bin ich hier nur rein geraten? Warum kann einem so was nicht mit einer Hübschen passieren? Oder kann nicht einfach mal was prima laufen? Und was macht diese wirklich, wirklich schlecht durchblutete Hand auf meinem Oberschenkel???

Mann, mir wird ganz heiß. Vor allem im Kopf. Mir schwindelt. Und jetzt fällt mir auf, dass der Espresso einen so gar nicht italienischen Gusto hat. Würde man das einem Italiener vorsetzen, würden seine Augen nur eines rufen: Verrat! Mann, ich seh' schon bunte Punkte und außerdem alles doppelt, auch sie. Jetzt sitzt eine Tussi neben mir, die ungefähr acht Meter breit ist und Howard Carpendale scheint mit sich selbst im Kanon zu singen.

Äh, Moment … irgendwas ist da an meiner Hose. HUCH, die weiße Hand! Und ich kann nichts tun. Ich bin gelähmt. Sie öffnet mir die Hose und fängt ruck-zuck an, meinen kleinen Freund zu beatmen. Und zu meinem Entsetzen muss ich feststellen, dass er alles andere als Lähmungserscheinungen hat. Kann er was sehen, was mir entgangen ist? Oh Junge, die geht aber ran wie Blücher bei der Schlacht gegen Napoleon. Und flutsch, schon sitzt sie auf mir! Dem Spiegelglas ihrer Schrankwand entgeht nichts. Das ist der monst-röseste Arsch, den ich jemals im Leben gesehen habe. Und dann auch noch nackt. Und ich stecke irgendwo dazwischen. Ich hab nicht mal mitbekommen, wann die sich ausgezogen hat. Aber die Holzpantoletten hat sie noch an. Das kann ich im Spiegelschrank sehen.

Und noch was ist da … mein Gesicht … komisch … das ist … das ist gar nicht mein Gesicht … das ist … nein … das ist nicht das Gesicht von Maximilian Sturm … das ist … TOM. OH GOTT, TOOOMMM, MACH, DASS DU DA RAAUUS KOOMMST!!! SCHNEEELLL!!! HIIILLLFFFÄÄÄHHH!!!

»MAX! MAX! WACH AUF, WACH AUF!!!«

»HILF … hä? … was? …«

»Hey, alles ok? Du hast geträumt und wie wild um dich geschlagen!«

»Oh … Luise … Luise!!!«

HIGH NOON

Mickey hat das Frühstück „Vielfraß" bestellt, welches ein Glas Sekt, ein Glas Orangensaft, einen Brötchenkorb mit 5 (!) Brötchen, einen Teller Rührei mit Speck, dazu Toast mit Butter und last but not least Kaffee oder Tee nach Wahl beinhaltet. Nicht, dass Mickey was zu feiern hätte, wie zum Beispiel eine neue Rolle bzw. überhaupt mal eine, nein, er beginnt den Tag gerne so, wie er ihn beendet. Mit Essen. Ich dagegen bevorzuge das Frühstück „Asket", welches schlicht aus einer Tasse schwarzem Kaffee besteht. Im Grunde bin ich überhaupt ein eiserner Verfechter des Minimalismus, auch wenn meine Vorliebe für dicke Frauen im krassen Gegensatz dazu steht. Ganz anders Mickey. Hierin findet sicher auch die Ursache Begründung, warum Mickey öfters mal mit geöffneten Hosen rumläuft, ich hingegen meinen Gürtel noch im dritten Loch schließen kann. Was aber wiederum lediglich auf meine mir selbst auferlegte Disziplin zurückzuführen ist und nichts mit tollen Genen zu tun hat. Nein, meine Gene sind scheiße, denn wenn ich würde, wie ich wollte, bräuchte ich ruckzuck andere Klamotten.

Auch Tom hat neuerdings mit einem etwas träge gewordenen Fettstoffwechsel zu kämpfen, aber er hält sich tapfer. Muss er auch, solange er noch für seine Dienste als Loverboy bezahlt werden möchte.

Besorgniserregender ist da eher seine Frisur. Beziehungsweise das, was davon übrig ist. Wo der wohl steckt? Das ist hier die Frage, denn in wem er steckte, also darüber sind nun wirklich keine Fragen mehr offen!

Und während ich mir ernsthaft Sorgen um unseres Freundes Verbleib mache, rinnt Mickey ein gelblichwässriges Fettgemisch am Kinn hinab. Aus den Lautsprechern über der Bar fiedelt leise das Thema aus „Spiel mir das Lied vom Tod" und draußen verdunkelt sich der Himmel, während die Kirchenglocke zur Mittagsstunde schlägt. Eine seltsame Stimmung, die hier plötzlich in der Straße Einzug hält. Die Sonne, die von den finstersten aller Wolken zurückgedrängt wurde, kämpft um ihren Platz und tränkt die grauen Schwaden selbst noch aus der letzten Reihe in einen tiefen, blutroten Dunst. Die Musik erhebt sich langsam, die Spannung steigt und die Straßen sind wie leergefegt. Kein Mensch, kein Tier, kein Mucks. Nur das leise Pfeifen des Windes. Und das Brummen eines Motors. Das immer lauter wird. Ein gelber Wagen erscheint vor dem Fenster des Cafés. Am Steuer sitzt ein Mann, der an einer Shampooallergie zu leiden scheint und darüber hinaus auch noch seines Rasierers beraubt wurde. Eine der hinteren Wagentüren öffnet sich und der Blick fällt zwangsläufig zuallererst auf die Schuhe. Graues, gegerbtes Leder, das den

Eindruck vermittelt, als habe es seine weißeren Tage lange hinter sich.

An den Innen- und Außenseiten jeweils drei abgewetzte narbenähnliche Streifen, die anmuten, als habe sie der Präriedreck dorthin gepisst. Der Mann steigt aus. Und sobald sein Kopf über das Dach des Wagens ragt, trifft mich sein Blick. Und wenn dieser töten könnte, wäre ich bereits dabei, in das Licht zu gehen. Der Mann wirft die Tür des Wagens zu und verschwindet kurz in der Staubwolke, die der Wagen beim eiligen Verlassen des Geschehens hinterlässt. Doch jetzt, da der Staub sich wieder legt, kommt der Mann auf mich zu, so schnell, so zielstrebig, als wolle er durchs Fenster springen, um mir mit den zerborstenen Überresten des Glases die Adern aufzuschlitzen. Moment … er scheint sich eines Besseren zu besinnen und wählt die Tür.

Er betritt das Café und hält für einen Moment am Eingang inne. Köpfe drehen sich und Gespräche verstummen. Stille. Niemand spricht mehr. Der Barkeeper erstarrt inmitten eines Bierglas-Trockenreibe-Vorgangs. Der Mann geht langsamen Schrittes an der Bar entlang. Der eine oder andere Gast beginnt zu husten, ausgelöst durch die Staubwolke, die sich des Eingangsbereiches bemächtigt. Mickey rinnt das Fett inzwischen am Hals hinab, doch er macht keinen Mucks. Er dreht sich nicht mal um. Er sitzt nur da, zur Salzsäule erstarrt. Wie wir alle. Die Bar hinter sich lassend, ist der Mann an unserem Tisch angekommen. Er steht da und sieht uns an. Eine Hand in der Manteltasche. Fast so, als hielt er eine geladene Winchester darunter.

»Noch ´n Plätzchen frei?« fragt er an Mickey gewandt.

Mickey verschluckt sich fast und steht sofort auf. Der Mann setzt sich, während Mickey lieber auf meine Seite wechselt. Der Mantelträger sitzt uns gegenüber und blickt uns abwechselnd direkt in die Augen. Dann schweift sein Blick über den hochgestellten Kragen seines olivefarbenen Trenchcoats quer durch das Lokal. Er nimmt Mickeys Gabel und kostet damit vom Rührei „Nimmersatt" und spült es sogleich mit einem Schlückchen Sekt hinunter. Er legt die Gabel zurück und sieht uns wieder an. Mickey und ich sind nichts als abwartende Stille. Doch dann … die Stirn des Mannes legt sich in Falten, die rechte Augenbraue zuckt und seine Lippen öffnen sich:

»So, ihr Pisser! Wer von euch möchte mir erklären, warum ich heute Morgen nicht in meinem Bett aufgewacht bin???«

Ich neige meinen Kopf in Richtung meines Nebensitzers und sage:

»Mickey? Möchtest du …?«

Seinem Blick nach zu urteilen, möchte er nicht, aber bevor überhaupt noch jemand was sagen kann, gibt Tom richtig Gas:

»Sagt mal, ihr Schwanzköpfe, was war denn das gestern? Könnt ihr euch vorstellen, was in einem vorgeht, wenn man sich an nichts erinnert, dann plötzlich das Bewusstsein wiedererlangt und man sich in einem fremden Bett wiederfindet, in dem eine fremde, wirklich, wirklich viel zu dicke Frau auf einem sitzt und man sich dessen gewahr wird, dass man viel tiefer mit dieser Frau verbunden ist, als man es in nüchternem Zustand sicherlich jemals sein wollte? Hää? Könnt ihr euch das vorstellen? Oder wie es sich anfühlt, wenn …«

Wäre dies hier ein Film und ich der Regisseur, der die folgenden Minuten in Szene setzen müsste, dann würde man sehen, wie an dieser Stelle die Stimmen der Schauspieler durch angenehme Musik, ja, ich möchte fast sagen, ich tendiere zu einem Wiener Walzer, ersetzt werden. Man sieht, wie Tom in einem von wilder Gestik begleiteten Redeschwall die Ereignisse der letzten Nacht aufarbeitet und auf der anderen Seite des Tisches sieht man Mickey und Max. Man sieht wie sie auf das Erzählte reagieren. Man sieht an ihrer Mimik, dass das, was Onkel Tom da mitteilt, allerhöchsten RTL2-Fernsehprogramm-Ekelfaktor hat. Na, zumindest an Mickeys Mimik sieht man das. Max strahlt wie ein Honigkuchenpferd. Dann verstummt die Musik und man hört die Protagonisten wieder sprechen.

»Hör mal, Max, ...« wendet sich Tom an mich.

»... du bist doch ein Mann ...«

»Was hat mich verraten?«

»... ja, haha, sag mir, wie schaffst du das bloß??? Ich meine, wie kriegst du bei diesen Frauen bloß einen hoch?«

»Woher soll ich denn das wissen? Worüber sprechen Frauen, wenn sie zusammen aufs Klo gehen? Warum schaut jemand Big Brother? Wieso wird Bush zweimal gewählt? Warum kauft niemand Amerika und macht einen Riesen-Parkplatz draus? Fragen über Fragen. Und die Antwort lautet immer: Weiß ich doch nicht! Warum ich bei dicken Frauen einen hoch kriege? Mir doch egal. Hauptsache, es geht.«

Tom schaut skeptisch und verkündet beinahe apokalyptisch:

»Ich muss mal auf's Klo! Haut bloß nicht ab!!! Wir sind hier noch nicht fertig!«

Tom verschwindet und Mickey ... ach Mickey ...

»Hey, Rain Man, ich meine, jetzt wäre ein guter Zeitpunkt, dir mal das Fett aus dem Gesicht zu wischen!«

Mickey nimmt sich – vollkommen verständnislos – fünf Servietten und wischt sich das Gesicht so, wie sich andere abtrocknen, wenn sie aus der Sauna kommen.

Toms Handy klingelt.

»Geh doch mal ran!« versucht Mickey mich zu nötigen.

»Wieso sollte ich?«

»Na, vielleicht ist's was Wichtiges!«

»Inwiefern?«

»Na, vielleicht 'ne Kundin von Tom. Die einen Termin ausmachen will oder so. Oder jemand, der ihm 'nen Plattenvertrag anbieten will!«

»Also, Mickey, jetzt mal ernsthaft, das mit der Kundin, ok, von mir aus, aber einen Plattendeal, also das ist so wahrscheinlich, wie die Möglichkeit, dass auf deinem Handy Woody Allen anruft!«

Inzwischen ist der eine oder andere Gast kurz davor, uns an die Gurgel zu gehen, denn während Mickey und ich hier über "rangehen oder nicht rangehen" diskutieren, klingelt das Handy immer fieser.

Mickey geht ran.

Er meldet sich, worauf ich Zeuge folgenden Dialoges werde, na ja, eigentlich höre ich ja nur, was Mickey sagt, aber das ist nun mal Folgendes:

»Ja, hallo? … ja genau … aha … ah aha … ja … ah so … ok … ja ja … klar … ok, das geht … ja ja, das kenne ich, ja ja … gut … also bis dann … ja, ich mich auch … bis später!«

Mickey legt auf und ich, hm, mir ist noch nicht ganz klar, ob ich wissen will, was das gerade eben zu bedeuten hatte, aber ich müsste vermutlich tot sein, wenn ich ihm jetzt nicht folgende Frage stellen würde:

»Sag mal, du Spinner, was war denn das eben???«

»Och, nur ´ne Kundin.«

»Von dir oder was???«

»Quatsch!«

»Jetzt lass dir nicht alles aus der Nase ziehen, sag schon, was hast du jetzt wieder gemacht???«

»Das war ´ne Kundin aus Berlin. Geschäftsfrau, hat für 2 Tage hier zu tun. Und jetzt braucht sie ´ne Begleitung für heute Abend in die Oper. Und danach will sie ins Hotel und ´nen ordentlichen Bums für ihr Geld!«

»Ach so, und du bist jetzt Toms neue Sekretärin und managst seine Termine. Und da das Ganze noch so ofenfrisch ist, bist du noch nicht dazu gekommen, mir von deinem neuen Job zu erzählen, was? Sag mal, spinnst du? Was hast du denn zu der gesagt? Ok, ok, ich hab gehört, was du gesagt hast, aber was zum Geier hatte das zu bedeuten???«

»Dass Tom heute Abend einen Termin hat!«

»Aber … ich meine … wie? … du hast ihr doch gar nicht gesagt, dass du nicht Tom bist!«

»Nö.«

»Also, die denkt jetzt, sie hätte gerade mit Tom Wunderbar telefoniert, ja?«

»Genau!«

»Der wird dich umbringen! Hundert Pro! Nix mehr nur multiple Prellungen! Der wird dich an deinem Sack aufhängen und dann wird er dir mit Anlauf auf den Kopf pissen, das wird er machen!!! Genau das!!!«

»Wer wird was machen???«

»Heeeyyy, Tommyboy, na alles klar in den südlichen Gefilden???« sülzt Mickey im Angesicht des Todes.

»Über wen habt ihr gerade gesprochen?«

»Och, nix Wichtiges, wolltest du nicht noch was loswerden?« versuche ich ihn abzulenken.

»Äh, ja, also eins ist klar, Jungs, ich will nie wieder Sex haben!!! …«

Also, eins muss man Tom lassen, sein Timing für gut durchdachte Entscheidungen ist spitze!

»… nicht mit ´ner Alten und nein, nicht mal mit ´ner Jungen. Mir ist's vergangen! Das ist so, wie wenn du an Weihnachten drei Tage lang von deiner Familie mit Kuchen, Plätzchen, Schokolade, Entenbraten, Kartoffeln, Nudeln, Soßen, Salaten und Brot und Eis gemästet wurdest. Und dann wieder Plätzchen und Schokolade und am 26. Dezember fällst du abends ins Bett und schwörst, dass du nie wieder was essen wirst. Genau so, versteht ihr? Keinen Sex mehr für mich!«

»Aber du weißt ja, wie das ist, Tom, spätestens am 27. hast du morgens schon wieder Lust auf ein

Marmeladenbrötchen zum Kaffee und von daher wird es dir sicher nichts ausmachen, dass Mickey gerade eben einen Termin mit einer Kundin für dich zugesagt hat!«

Tom nickt zuerst beinahe zustimmend, bis dann auch der zweite Teil der Information sein Gehirn erreicht hat:

»WAS??? WAS???!!! WAS HAST DU, DU DUMME SAU!!!???«

»Äh … tschuldigung … ich … ich … ich dacht halt … du brauchst vielleicht das Geld!«

Während die beiden sich streiten, klinke ich mich aus und mache mich über mein Notizbuch her, denn ich muss bis Ende der Woche einen Artikel über „den modernen Mann" abliefern und habe bis jetzt nicht die geringste Peilung, um wen oder was es sich dabei handeln könnte. Was soll denn das überhaupt sein, der „moderne Mann"? Wenn ich mir Tom so ansehe, glutrote Birne, geballte Faust, und wenn man noch ein bis zwei Minuten wartet, dann könnte das guten Stoff für eine Abhandlung über den „mordenden Mann" abgeben, aber „modern"? Was für ´n Scheiß!!!

Ich meine, bleiben wir doch für einen Moment mal bei Tom. Als Musiker zum Beispiel straft er jegliches Klischee Lügen, denn während andere langhaarige Bombenleger ihre Gitarren auf der Bühne anzünden oder je nachdem, was sie vorher genommen haben, sogar versuchen, damit andere Bandmitglieder zu erschlagen, dann ist Tom wohl eher der Pfarrer Fliege unter den Gitarristen. Und trotzdem rifft er so lässig über die Bühne, dass er sich nicht mal vor Eddie Van Halen verstecken bräuchte. Lediglich das Headbangen, also jetzt mal ernsthaft, gut, wenn die Haare auf seinem Kopf nicht so konsequent die Segel streichen würden, ok, aber so, nein, als Headbanger wird er nicht in die Geschichte eingehen. Bei der Kosmetikbranche allerdings bin ich mir ziemlich sicher, dass Tom einer der Leute ist, welche die eine oder andere Fabrik am Laufen halten. Der kauft alles, egal ob da „for men" drauf steht oder nicht. Hauptsache, die Werbung des Produktes beinhaltet das Versprechen, dass es schöner macht. Da er inzwischen durchaus bereit ist, bis zu 200 Euro für die Erfahrung auszugeben, dass man von der Werbung beschissen wird, glaube ich, dass er sich so langsam um den Verstand gecremt hat!

Oder seine Frauengeschichten, ja ja, ich weiß, ich kann ganz ruhig sein, aber von mir sprechen wir ja jetzt gerade nicht! Jedenfalls, ich erwähnte es schon, gibt es da diverse Ex-Frauen und ich will gar nicht erst wissen, ob da draußen auf unseren Straßen nicht irgendwo der eine oder andere Ableger von ihm unterwegs ist. Und dann sein durch und durch ambivalentes Verhältnis zu seinem Nebenjob. Das Geld will er verdienen, aber die Frauen will er nicht bumsen. Ja, was soll denn das?

Also, frag ich mich, sieht so der moderne Mann aus? Ich weiß es nicht. Glaubt man den Medien, dann sind wir alle nur noch gutaussehende Putzfrauen! Schon mal aufgefallen? Jaaha, es gibt in der Werbung keine Frauen mehr, die abspülen! Oder Fenster putzen! Oder Bodenwischen! Oder Staubsaugen! Und auch hier frage ich wieder: Ja, was soll denn das??? Kommt die Tusnelda ganz chic im Business-Outfit zur Wohnungstür herein, sieht, dass ihr Typ ganz lässig – aber gutaussehend – auf der Couch lümmelt und fernsieht. Büro-Ische gefällt das nicht, schnappt sich eine Rolle Zewa-Wisch-und-Weg und wisch, wisch, wisch, schon ist der Typ Geschichte! Hätte ich den Spot gedreht, allerdings mit umgekehrter Rollenverteilung, dann wäre der Typ auch hereingekommen, hätte die Ische auch auf dem Sofa liegen sehen und ebenfalls zackzack weggewischt. Allerdings nicht, ohne die Trulla vorher zu fragen, warum das Essen nicht auf dem Tisch steht!!!

Oder dieser andere Drecks-Spot: Vier Weiber sitzen auf 'ner Couch und greifen wiederholt genüsslich auf einen Teller mit ungefähr 15 Kilo Pralinen. So weit so gut. Wäre der Spot hier zu Ende, hätte ich keine Einwände. Jetzt hat aber einer dieser Schoko-Freaks 'ne Fernbedienung in der Hand.

Hey, jetzt mal ehrlich, 'ne Frau mit 'ner Fernbedienung in der Hand, also unrealistischer geht's ja wohl nicht! Als ob die eigens von der Natur zur

Verfügung gestellten Fernbedienungs-Halter es sich nehmen ließen, nach eigenem Gutdünken mal mehr, mal weniger schnell die Kanäle zu wechseln. Diese Halter sind in einer Vielzahl von Namen erhältlich, mal heißen sie Peter, mal Fritz, oder auch gerne mal René. Hier handelt es sich um eine der letzten von Frauen noch nicht eroberten Bastionen. Aber schöne Zeiten dauern nicht ewig, auf süß folgt immer bitter und so, und deshalb dauert es auch nicht mehr lange und man sieht sich genau der Scheiße ausgesetzt, von der wir immer annahmen, dass Frauen sie sich ansehen.

Tussi jedenfalls spult mit noch größerer Hingabe als sie die Schokolade in sich hineinpresst zurück an die immer wieder selbe Szene des Videofilms, der im Fernseher zu bewundern ist. In dieser Szene sagt eine Frau mit französischem Akzent zu ihrem Typen: „Du´ast misch bedrögään, du Schüft!!!" Und peng!, hat sie ihm eine geklatscht! Die vier Schokomonster verschlucken sich fast vor Begeisterung und starten eine La-Ola-Welle nach der anderen.

Stellen wir uns jetzt mal folgende Variante vor: Sitzen vier Typen auf ´ner Couch. 60 Flaschen Bier stehen auf dem Tisch und einer der Typen hat eine Fernbedienung in der Hand, mit der er immer wieder an dieselbe Stelle im Videofilm zurückspult. Im Film sagt ein Typ zu seiner Frau: „Du Schlampe, du! Du hast mich betrogen!!!" Und baaamm! hat er ihr eine

geklatscht. Die vier Typen rufen im Kanon „Jaaa, gib's
der Schlampe!!!" und machen La-Ola-Wellen vor und
zurück. Realität ist nun allerdings, dass erstere Ver-
sion monatelang über den Äther ging und letztere
niemals gedreht werden würde. Nie und nimmer,
denn das wäre ja frauenfeindlich!

Sieht so also der moderne Mann aus? Vor dem
Fernseher sitzend und dümmlich mitlachend, wenn er
so was sieht? Sich darüber amüsierend, dass auf-
gewiegelte Frauen uns unter Anführung einer
ungebumsten Zeitungsverlegerin über Jahrzehnte erklären, dass Doppelmoral voll assi ist, nur um uns in
letzter Zeit immer häufiger zu zeigen, dass Doppelmoral eigentlich doch trendy ist? Natürlich vorausgesetzt, es handelt sich um eine Frau. Oder dass Mann
sich die Arschbacken liften lässt, nur damit Frau ihn
„lecker" findet? Sind wir der Appetithappen für zwischendurch? Also, ich glaube, Frauen brauchen vor
allem Ärger. In dem Punkt verwöhne ich dann auch
gerne.

Anders geht es auch nicht, denn wir sind von Anfang an einem Riesen-Schwindel aufgesessen. Seit
Jahrtausenden werden wir im ganz großen Stil mani-
puliert, drangsaliert und immer wieder ausrangiert.
John Dillinger wurde hinter einem Kino über den
Haufen geschossen, und warum? Weil ihn die Freundin seiner Alten verpfiffen hat!!! Echt, wenn man
einen Typen trifft, müsste man sich immer fragen:

„Und, wie hohl ist der wohl?" Der Mann an sich ist mit allergrößter Sicherheit das disproportionalste Prinzip der Evolution. Bis heute beglückte er die Menschheit, wohlwollend geschätzt, mit etwa 2% Genies und 98% Versagern. Super. Wenn man sich jetzt noch mal in Erinnerung ruft, dass auf einen Mann weltweit angeblich vier Frauen kommen, und diese Info für sich auch mal intellektuell abgenickt hat, dann kann man sich langsam schon mal darauf einstellen, dass uns Männer über kurz oder lang der ultimative Hirntod ereilen wird. Wonach ein Großteil der von uns herumlaufenden Männer eigentlich schon gar nicht mehr unter uns weilt.

»Maaax, hallo? Hast du gehört, was ich gerade gesagt habe?« stört mich Tom.

»Äh, nee?«

»Na, ob du heute Abend für mich einspringen kannst?«

»Tjaha, genau! Das wollte ich dir gerade vorschlagen! Du spinnst wohl, was? Wieso denn nicht der Typ hier? Der hat dir das doch eingebrockt!«

»Weil ich heute Abend Taxi-Schicht habe! Habe ich doch gerade gesagt! Hast du denn nicht zugehört?« kontert Mickey.

»Nein, habe ich nicht! Falls es euch entgangen ist, ich mache mir hier Notizen. So wie immer, wenn ich einen Artikel abliefern muss, und außerdem…«

»Und außerdem???« hakt Tom nach.

»… kann ich das nicht machen.«

»Seit wann das denn??? …« reagiert Tom völlig verständnislos.

»… du warst doch sonst immer ganz scharf drauf, für mich einzuspringen!«

»Ja, aber jetzt ist das anders.«

»Wieso denn? Was ist denn jetzt bitte anders?« motzt Tom gereizt.

»Weil er verliebt ist!« sagt Mickey.

Ich sehe zu Mickey und kann nur staunen. Da denkt man, der kann nicht bis drei zählen und dann kommt so was. Ich meine, ausgerechnet Mickey! Gerade der, der sonst wirklich nichts mitkriegt, derjenige, der so mit seinem eigenen absurden Universum beschäftigt ist, dass andere Leben zu einfachen Nebenkriegsschauplätzen verkommen. Oder, um das noch mal für jeden nachvollziehbar zu veranschaulichen: Wenn Mickey ein Haustier hätte, wäre es nach zwei Wochen dehydriert und nur noch als Lesezeichen verwendbar! Und ausgerechnet der Typ ist der Erste, der's merkt.

»Was bist du? In wen denn???«

Tom sieht Mickey fragend, fast durchbohrend an. Mickey zieht die Augenbrauen hoch und will damit sagen: Ich sag jetzt nichts mehr. Niemand sagt was. Tom denkt. Und denkt. Und dann, urplötzlich weiten sich seine Pupillen:

»NEEINN! IN MONSTERMAID??? NIEMALS, DAS GLAUB ICH NICHT! SPINNST DU JETZT VÖLLIG???«

Ich packe meinen Kram zusammen, stehe auf und stecke der Kellnerin im Vorbeigehen 10 Euro zu. Tom versteht die Welt nicht mehr und auch Mickey sieht aus wie ein geficktes Eichhörnchen. Ich meine beim Rausgehen noch zu hören, wie Mickey Tom anschnauzt, ob er eigentlich noch ganz dicht wäre und wie er überhaupt so was sagen könnte. Pff, mir doch egal, warum der so was sagt. Dummes Arschloch, dummes. Für wen hält der sich eigentlich, dieser Möchtegern-Carlos Santana! Ständig soll jemand anders für ihn die Bräute flachlegen, nur damit er seine Rechnungen bezahlen kann und auch weiterhin bei dieser Agentur irgendwelche Bums-Jobs bekommt. Aber nicht mehr mit mir. Und wenn er Viagra schlucken muss, wie andere Bonbons lutschen, mir doch egal! Dumme Sau, die dumme!!!

Auf dem Heimweg piepst mein Handy. Eine SMS. Von Mia:

„Liebes Mäxchen, du solltest dich bei meiner Chefin ein bisschen ins Zeug legen, denn so wie es aussieht, bekommst du Konkurrenz! Sie wurde gerade von so einem unglaublich fetten, schwitzigen Typen zum Mittagessen abgeholt. Den hab ich hier schon öfter gesehen, aber Essen waren die – glaube ich –

noch nie zusammen! Häng dich rein!!! Küsschen, Mia."

Schweinchen Dick!!! Verdammt. Was soll das denn jetzt? WAS IST DENN DAS FÜR EIN BESCHISSE-NER TAG HEUTE??? HÄ???

Ok, tief durchatmen. Ooommm und so. Ich bin ein Grashalm im Wind. Und der weht mich jetzt nach Hause. Denn ich hab zu arbeiten und ´ne Mütze voll Schlaf wär auch mal kein Fehler.

EIN BLATT SALAT, ZWEI GURKEN UND EINE DOPPELTE PORTION DRESSING

Ich parke vor Luises Haus. Es ist längst dunkel und wir sind eigentlich erst für morgen verabredet. Die Straße ist fast leer, lediglich vor dem Nachbarhaus steht ein silberner BMW. Auch im Haus ist es dunkel. Kein Licht brennt. Sie scheint nicht da zu sein. Für einen Moment überlege ich, wieder nach Hause zu fahren. Andererseits, vor ein paar Tagen hat Luise mir einen Zweitschlüssel gegeben. Ich könnte ja reingehen und auf sie warten. Mich in ihr Bettchen legen und der Dinge harren, die da kommen. Außerdem sieht sie ja mein Auto, wenn sie kommt, so dass sie keinesfalls einen Infarkt bekommen dürfte, wenn sie ihr Schlafzimmer betritt und ein nackter Typ in ihrem Bett liegt. Doch, ja, ich muss sagen, die Idee hat was.

Ich öffne die Haustüre und gehe die Treppen hinauf in den ersten Stock. Eigenartig, ich schleiche beinahe, und auch das Flurlicht mag ich nicht anmachen. Ich habe fast ein schlechtes Gewissen. Moment, für einen Augenblick dachte ich eine Stimme zu hören. Nein. Nein. Wohl kaum. Ich bin jetzt im zweiten Stock und nur noch ein paar Meter vom Schlafzimmer entfernt. Die Tür ist geschlossen. Luise mag keine geschlossenen Türen. Entweder hat sie sie ausgehängt oder immer geöffnet. Und wieder habe ich was gehört. Kein Gespräch, nein, aber ein oder zwei Worte.

Ich glaub, ich spinne, aber das kommt halt davon, wenn man in dunklen Fluren fremder Häuser umherschleicht! Wahrscheinlich fliegt gleich Hui Buh um die Ecke! Ich gehe auf das Schlafzimmer zu und lege meine Hand auf den Türgriff.

Da, wieder eine Stimme! Nein, ich bilde mir das nicht ein. Und da wir nicht in Schottland sind, wird es dafür eine Erklärung geben. Ich öffne die Türe vorsichtig und: nichts. Das Schlafzimmer ist dunkel, die Betten gemacht und vor allem eins: leer! Was hatte ich auch erwartet? Aber diese Stimmen, woher? Ich gehe zurück in den Flur und drehe meinen Kopf wie Lassie, die versucht über den Wind wahrzunehmen, welche Nachricht ihr Herrchen, das schwer verletzt im 20 km entfernten Wald im Angesicht eines tosenden Waldbrandes um sein Leben kämpft, zu übermitteln versucht.

Und da, wieder, was ist das? Es kommt von unten. Ich gehe langsam die Treppen hinunter, je weiter ich hinabkomme, desto deutlicher meine ich etwas zu hören. Ich gehe ans Ende des Flures im Erdgeschoss. Das Wohnzimmer. Die Tür angelehnt und hier brennt tatsächlich ein diffuses Licht, das ich von der Straße nicht sehen konnte. Und genau von hier kommt es. Stöhnen.

»Jaaa, das gefällt dir, was? Wenn der Dicke dir mit seinem Hammer die Möse poliert, was?«

»Ooh, jaaa! Ramm ihn mir richtig rein, komm!!!«

Der Fernseher läuft und … ich weiß jetzt nicht, ob ich im falschen Film bin, aber da läuft ein knallharter Porno! Luise schaut sich ´nen Porno an! Der Hammer! Und wieder:

»Jaaa, kooomm, fick mich richtig durch, du Sau!«

Aber das kam jetzt nicht aus dem Fernseher. Ich gehe ganz nah an die Tür und kann jetzt einen Großteil des Zimmers überblicken. Ich traue meinen Augen nicht, bin wie gelähmt und mein Herz schlägt tonnenschwer bis zum Hals. Auf meiner Brust steht ein Kieslaster und ich schnappe nach Luft.

So eine Drecksau!!! Schweinchen Dick treibt es mit Luise auf dem Boden des Wohnzimmers. Die Türe ist nur einen Spalt geöffnet, aber ich kann alles sehen! Luise liegt auf dem Boden, noch fast völlig angezogen, nur die Schuhe der beiden liegen irgendwo im Zimmer verteilt. Ihre Bluse ist aufgeknöpft und die linke Brust hängt heraus, während die rechte noch vom verrutschten BH gehalten wird. Ihr Rock ist hochgeschoben und ihre Beine sind weit gespreizt. Von der Seite kann ich sehen, dass er ihr nicht mal die Strumpfhose und den Slip ausgezogen hat (!!!). Alles nur aufgerissen. Er kniet zwischen ihren Beinen, hält sie an ihren Knöcheln fest und drückt sie auseinander. Ich kann aus dieser Perspektive sogar seinen dicken Pimmel sehen. Wie er ihn immer und immer wieder in Luise schiebt. Und dabei läuft ihm der Schweiß übers ganze Gesicht, die kurzen grauen

Haare sind nass bis an die Wurzel und sein hellblaues Hemd ist völlig durchnässt. Er stöhnt wie ein Eber und genauso rammelt er auch.

Und Luise liegt da und findet's gut! Dieses dreckige Miststück! Ich könnte geradewegs … jetzt legt sich der Fettsack richtig auf sie. Mit seinem kompletten Gewicht liegt er auf ihr drauf, während sie noch freundlicherweise ihre Beine anwinkelt, damit er auch richtig schön tief reinkommt! Nett von ihr. Sie stöhnt immer wieder laut auf, die dicke Drecksau bewegt sich immer schneller und heftiger, er stöhnt immer tiefer und kurzatmiger und grunzt sie mit tiefer Stimme an: »Ich fick dich richtig durch, du, ich fick dich, ich fick dich, ich fick dich …«

Und Luise stöhnt immer dazwischen:

»Jaaa, fick mich, fick mich…«

Sie schreit fast, dann hält sie sich beide Hände vor den Mund. Ihr Schrei verstummt und sie beginnt zu zittern, die heraushängende Brust vibriert wie verrückt und ihre Zehen verkrümmen sich auf diese eigenartige Weise, die ich schon einige Male selbst im Spiegel in Luises Schlafzimmer beobachten konnte. Eindeutig einer ihrer heftigeren Orgasmen.

Sie stöhnt noch einmal laut auf, und dann ist sie plötzlich fast still, während der Dicke noch mal richtig Gas gibt! Er stößt Luise so heftig, dass die Gläser auf dem Couchtisch vibrieren. Doch dann plötzlich hört er auf, er bewegt sich gar nicht mehr, stützt sich auf seinen Armen ab und drückt seinen Unterleib fest gegen Luise. Er wirft seinen Kopf nach hinten, wie ein Wolf, der den Mond anheult und legt seine ganze Geilheit noch mal in einen einzigen lang gezogenen Grunzer. Es ist ihm gekommen. In meiner Luise. Ich denke an Gift und Mord und halte dies für den geeigneten Moment, kurz darüber nachzudenken, wer von beiden zuerst dran glauben muss.

Doch bevor ich ein Streichholz ziehen oder gegen mich selbst Schnick-Schnack-Schnuck spielen kann, macht sich eine seltsame Irritation in mir breit. Genauer gesagt, in meinem Unterleib. Ich bin erregt. Und wie! Das war eine Riesen-Vorstellung und das Einzige, was ich jetzt noch lieber täte, als die beiden zu killen, ist Luise zu bumsen! Jetzt gleich! Von mir aus könnte der Dicke zusehen! Der Typ schwitzt furchtbar und versucht, sein Wahnsinnsgewicht irgendwie aufzurichten. Er stützt sich an der Platte des Couchtisches ab und hievt sich langsam hoch und dabei sehe ich, wie er seinen spermatropfenden, immer noch steifen Pimmel aus Luise zieht.

Luise steht auch auf, ich gehe ein paar Schritte zurück und stehe mit dem Rücken an der Wand des Flurs. Luise nimmt sich ein kleines Handtuch, das auf dem Sessel bereit liegt und kniet sich wieder auf den Boden. Sie streckt mir genau ihren Hintern entgegen und während sie mit dem Handtuch die Spuren des Dicken auf dem Teppich verwischt, bietet sie mir dank immer noch hochgeschobenem Rock und zerrissener Strumpfhose einen freien Blick auf ihre Schamlippen. Zwischen denen gerade ein Schwall Sperma entfleucht und an ihrem linken Oberschenkel hinab läuft.

Oh mein Gott! Mir platzt gleich die Hose, aber Rückzug ist das Thema. Der andere Plan, der Doppelmord, scheint mir zwar nach wie vor immer noch genial genug, um durchgeführt zu werden, aber für die Ausführung braucht man ein funktionierendes Gehirn und da geht grad gar nix. Ich schleiche zurück ins Treppenhaus und ziehe in Erwägung, die Flucht anzutreten. Entscheide mich aber für den Keller. Ich gehe in die Waschküche. Durch ein kleines schmales Fenster kann ich sehen, wie der Dicke draußen vorbei läuft und in seinen silbernen BMW steigt. Wenn ich gewusst hätte, dass der dem gehört, hätte ich seinen Lack ein wenig mit meinem Schlüssel verziert.

Ich schleiche wieder zurück ins Treppenhaus. Luise läuft gerade die Treppe hinauf. Soweit ich von da unten hören kann, ist sie jetzt im zweiten Stock. Ich warte noch einen Moment, obwohl ich es kaum aushalte. Noch nie wollte ich einer Frau so ins Gesicht schlagen, wie in diesem Moment. Aber gleichzeitig habe ich noch niemals vorher eine Frau auch nur annähernd so sehr begehrt. Meine Hände tasten sich im dunklen Treppenhaus am Treppengeländer entlang und führen mich nach oben. Erster Stock, zweiter

Stock. Sie ist im Bad. Nicht überlegen. Ich klopfe an die Tür und gehe hinein. Luise kippt fast um vor Schreck.

»HIMMEL! Was … Gott, hast du mir einen Schreck eingejagt!!! Was … was machst du denn hier?«

Sie ist kreidebleich und hat sich gerade ausgezogen. Sie ist jetzt ganz nackt und zieht sich einen Bademantel über. Die zerrissene Strumpfhose hat sie noch in der Hand. Zusammengeknüllt legt sie sie auf den Stuhl, der hinter ihr steht und auf dem auch ihre restlichen Klamotten liegen. Ihre Halsschlagader pocht so stark, dass ich es auf zwei Meter Entfernung sehen kann. Ich bin die Ruhe selbst und sehe sie nur an. Ich sehe ihr direkt in die Augen, aber sie weicht meinem Blick aus. Ja, Baby, das glaube ich, dass du das jetzt nicht vertragen kannst!

»Was ich hier mache? Was ist denn das für eine Begrüßung?«

Luise versucht, sich zusammenzureißen und wird etwas ruhiger.

»Entschuldige, so meinte ich das nicht. Ich bin nur furchtbar erschrocken … aber … es ist schön … schön, dass du hier bist! Du weißt doch, jede Nacht ohne dich ist eine verlorene Nacht!«

Was für ein verlogenes Dreckstück! Unglaublich! Aber es ist ja nicht so, dass uns keiner vor den Frauen gewarnt hätte. Nein. Bruce Willis hat es uns gesagt: Das Wasser ist nass, der Himmel ist blau und Frauen

haben Geheimnisse! Nun, danke für diese Information.

»Ich weiß, deswegen bin ich ja her gekommen!«

Noch während ich das sage, stelle ich fest, dass ich
das echt gut mache. Vielleicht sollten Mickey und ich
die Berufe tauschen. Ich nehme Luise in den Arm und
das erste, was meine Nase wahrnimmt, ist der Geruch
von dem alten Sack. Eine Mischung aus Schweiß,
Sperma und peinlich billigem Aftershave. Luise ist
verunsichert und ein wenig gehemmt.

»Warte, lass mich kurz duschen, ja? Ich war im
Keller und habe stundenlang Kartons durch die Ge-
gend geräumt, nächste Woche ist Sperrmüll, weißt
du?«

Junge, wie die lügen kann! Ohne rot zu werden!
Ich küsse sie auf den Mund, und so krank das klingen
mag, aber der Duft des Dicken bringt mich erst so
richtig in Fahrt! Luise wird etwas lockerer und nimmt
mich fester in den Arm. Ihre Hände gleiten meinen
Rücken hinab. Sie fasst mir zwischen die Beine.

»Ooh, da ist aber jemand hellwach!!! Hat unser
kleiner Freund Sehnsucht nach mir gehabt, was?«

»Sieht so aus!« erwidere ich hinterhältig grinsend.

»Tja, das kommt davon, du solltest mich eben
nicht so lange alleine lassen!«

»Ja, das scheint mir für die Zukunft grundsätzlich
eine gute Idee!!!«

Ich ziehe Luise hinter mir her, sie zögert noch einen Moment, denn sie möchte ja lieber duschen, respektive Spuren vernichten. Nachvollziehbar, aber das liegt jetzt nicht drin, zumal es vermutlich eh nicht mehr viele Spuren geben dürfte, denn die haben sich ja bereits bei der Teppichreinigung verflüchtigt. Sie gibt nach und folgt mir. Vor dem Bett legt sie ihren Bademantel ab und legt sich sofort unter die Decke. Sie sieht nervös aus und im Gegensatz zu sonst vermeidet sie es, mich beim Ausziehen zu beobachten.

Aber sie hätte eh genau hinsehen müssen, denn meine Kleider verlassen meinen Körper in Lichtgeschwindigkeit und als hätte ich das Beamen erfunden, liege ich auch schon unter ihrer Decke. Sie sagt kein Wort und ist deutlich zurückhaltender als sonst. Ich küsse sie und streife mit meiner Hand über ihre Brust. Ich streichle ihr langsam über den Bauch hinab und schiebe meine Hand zwischen ihre Beine. Sie zuckt kurz, fast so, als wolle sie mir den Zugang verwehren. Aber sie ist nicht dumm und weiß, dass ich das seltsam fände, also gibt sie nach und entspannt sich wieder. Ich gleite mit meinen Fingern über ihren nackten, rasierten Schambereich, sie zittert. Meine Hand legt sich flach über ihre Schamlippen. Ganz warm ist sie. Und nass. Sehr nass. Ein ganzer Schwall Flüssigkeit schießt meiner Hand entgegen. Jede Menge Sperma vom Eintänzer.

Meine Güte, ich dachte immer, diese Dicken lügen, wenn sie sich stolz den fetten Wanst tätscheln und sagen: „Das ist kein Fett, das sind alles Samenstränge!"

Ich lege mich auf sie und dringe langsam in sie ein. Sie stöhnt leise auf und mit jedem weiteren Stoß spüre ich, wie sich das Sperma des Vorreiters zwischen unseren Beinen und auf dem Laken verteilt, von dem mir ganz nebenbei bemerkt, auch noch ungefähr ein halber Liter an den Fingern klebt. Sie keucht tief und heftig in immer kürzeren Abständen. Sie fängt an zu zucken und im Spiegelschrank neben dem Bett kann ich sehen, wie sich ihre Zehen beinahe krampfartig krümmen. Luise kommt immer schnell, aber diesmal hat es keine Minute gedauert. Ihr Geheimnis, das keins ist, scheint sie ganz schön in Fahrt gebracht zu haben. Aber so schnell bin ich mit ihr nicht fertig. Das werde ich genießen.

Hier geht es schließlich darum, mein Revier zu markieren und im Hinblick darauf, kann Luise froh sein, dass ich es auf diese Art mache und ihr nicht einfach an die Haustüre pisse. Sie liegt ganz ruhig unter mir und hat auch inzwischen ihre Beine nicht mehr angewinkelt, sondern berührt mit ihren Fußsohlen wieder die Matratze. Sie ist fix und alle. Verständlich, aber kein Grund für mich jetzt aufzuhören. Nicht zu übersehen, dass sie bemüht ist, einen begierigen Eindruck zu vermitteln, aber ihr Körper spricht eine andere Sprache. Der zeigt mir deutlich, dass sie froh wäre, wenn meine Jungs sie jetzt endlich unter Beschuss nehmen würden. Aber das macht mich nur noch geiler. Ich stoße sie so fest, so heftig, wie noch niemals zuvor und sie liegt nur da. Wie ein schlaffes Blatt Salat.

Doch plötzlich … was ist das? Da steht einer hinter mir! Es packt mich jemand. Jemand greift mich von hinten an meinen Schultern und schüttelt mich und schreit mich an!

»HEY! HEY! MAX! MAX!«

»HÄ? WAS???«

»Hey, wach auf, ich bin's!«

»Mickey??? Was … was … was ist denn los … wo … was … machst du denn hier???«

»Na, ich hab ewig geklingelt und auf deinem Handy angerufen, aber nix, und da bei dir Licht brannte und dein Auto vor dem Haus steht, dachte ich, es ist vielleicht was passiert und da ich ja einen Ersatzschlüssel habe …«

Oh … Ersatzschlüssel!

»Na, jedenfalls war es gut, dass ich dich geweckt habe. So wie du geröhrt hast, musst du ja furchtbar geträumt haben, was?«

»Hä? Äh … ja. Irgendwie träume ich in letzter Zeit öfters schlecht.«

»Vielleicht solltest du mal zu dieser Kussinsky gehen, du weißt schon, die Bekannte von Tom.«

»Zu wem?«

»Na, die Tante, die unter ´ner Kristallpyramide pennt!«

»Nicht dein Ernst, oder?«

»Wieso nicht? Wenn du häufiger so schlecht träumst, scheint ja irgendwas im Gange zu sein, wonach mal jemand schauen sollte, meinst du nicht?«

»Na, das sagt jawohl der Richtige! Und außerdem bezweifle ich, ob meine Störungen durch Handauflegen oder Mond anbeten zu beseitigen sind! Was machst du eigentlich hier? Ich denke, du hast Taxischicht?«

»Ja, hab ich auch. Aber ich hatte noch nicht einen einzigen Fahrgast, es ist nix los. Da bin ich hier vorbeigefahren und dachte, ich schau mal rein.«

»Was ist mit Tom?«

»Inwiefern?«

»Wegen seines Jobs?«

»Hat er abgesagt.«

»Echt?«

»Ja, aber nicht, weil er noch die Nachwirkungen letzter Nacht ausheilen müsste, sondern weil er irgendeinen ach so wichtigen Termin hat, über den er mir nichts sagen wollte. Macht gerade irgendwie furchtbar auf geheimnisvoll, der Herr Musiker!«

»Hm. Wie jetzt geheimnisvoll?«

»Na, geheimnisvoll halt!«

»Ja, das habe ich verstanden, aber inwiefern???«

»Woher soll ich denn das wissen???«

»Oh Gott, Mickey, du hast doch mit ihm geredet, oder nicht?«

»Ja und???«

»Was heißt hier „Ja und"??? «

»Häää???«

Langsam bin ich wieder klar im Kopf und abgesehen davon, dass ich Mickey jetzt gerne auf die Zwölf hauen möchte, habe ich inzwischen auch auf die Reihe gekriegt, dass diese unfassbare Tour de Force in Luises Haus nur einer meiner abgefahreneren Träume war. Also, Freud hätte mich nur persönlich betreut, soviel steht fest. Wieder einigermaßen wach, fällt mir auch auf, dass Mickey irgendwie komisch ist.

»Sag mal, hast du irgendwas?«

Er räuspert sich so merkwürdig, als ob er mir was sagen will, aber nicht wüsste, wie.

»Mickey, sag schon, was ist los?«

»Ähem … äh … also, weißt du … Mia …«

Mickey macht eine Pause, die sich auf gefühlte acht Stunden ausdehnt.

»Junge, was ist? Muss ich erst ´ne Münze einwerfen oder geht die Geschichte von alleine weiter? Was ist mit Mia???«

»Äh, also … Mia hat da heute was entdeckt. Zufällig, könnte man sagen.«

»Aha. Und was genau?«

»Na ja, sie war bei deiner Luise im Büro, um ihr ein paar Unterlagen auf den Schreibtisch zu legen. Luise war aber nicht im Zimmer. Da guckte Mia auf den Bildschirm und sah, dass Luise gerade auf einer Dating-Seite im Internet war.«

An dieser Stelle wäre ich Mickey für eine Pause dankbar gewesen, denn ich wusste, jetzt kommt nichts Gutes.

»Na ... jedenfalls hat Mia dann natürlich genauer hingeschaut und gesehen, dass Luise mit einem Profil eingeloggt war. Ihr Mitgliedsname ist wohl „Rubens-brocken"!!!«

Ich stutze. Nicht nur wegen der Frage, was Luise auf einer Dating-Seite verloren hat, sondern vor allem der „Rubensbrocken" kommt mir allzu bekannt vor.

»Mickey!!! Tu mir jetzt bitte einen Gefallen und lass nichts aus, ok? Erzähl, hat Mia sonst noch was gelesen???«

»Ja ... also ... ähm, da stand wohl noch ein Motto. So was wie: „Nimmersatter Rubensbrocken sucht lite-raturbewanderten Sexgott!" Hm, klingt nicht gut, ich weiß, aber ich dachte, du solltest das wissen.«

Himmel, Luise ist die Frau, der ich Undine vorgezogen habe. Das gibt's nicht!!! Meine Güte, was wäre gewesen, wenn ich damals Luise als Testobjekt für meinen Artikel ausgesucht hätte? Und wer weiß, wie lange die da schon drin ist? Und mit wie vielen Typen

Luise da schon Kontakt hatte? HATTE? Womöglich immer noch hat!!! Und vielleicht nicht nur per Mail. Kein Wort hat sie davon erwähnt. Wäre ja nicht schlimm gewesen, aber wenn sie es bewusst für sich behält, gibt es dafür vielleicht einen guten Grund.

»Max? Alles ok???«

»Hm? … äh … ja. Ja.«

Erst der Traum über den dicken Schweinepriester und jetzt das. Man könnte sagen, dass ich jetzt ziemlich auf Krawall gebürstet bin. Ich will jetzt zu Luise, sie wegen dem Internet-Scheiß zur Rede stellen. Und sicher gehen, dass keine silbernen BMWs vor ihrem Haus parken. Ich suche das Nötigste zusammen, Handy, Schlüssel, Sakko. Den Rest habe ich noch an. Im Vorbeigehen sehe ich aus dem Fenster und was muss ich da sehen? Mein Nachbar, diese versoffene und verkorkste Pissnelke, hat mal wieder mit seinem abgefuckten Bonzen-Mercedes meinen wunderschönen Mini eingeparkt. Da geh ich doch gleich mal rüber und mach Stress. Zum ungefähr fünfzigsten Mal. Andererseits: Ich muss mich heute weder seiner mikrobenvernichtenden Alkfahne, noch weiß gepuderten Nasen, und auch keinen naturgeilen Ukrainerinnen aussetzen. Letztere geben mir auch zu bedenken, ob es wirklich so klug ist, eventuelle Zugehörige eines osteuropäischen Menschen-Händler-Rings wiederholt wegen eines eingeparkten Autos anzuscheißen.

»Sag mal, Mickey, könntest du mich wohl bei Luise absetzen?«

»Klaro!«

ALBTRAUM RELOADED

Ich liege auf meinem Bett, zehre noch vom Vorabend und weide mich an meinem Leid, denn es ist alles vorbei. Ich rufe mir immer wieder die Einzelheiten in Erinnerung, was passierte, als Mickey mich zu Luise brachte. Mickey bog mit dem Taxi in die Straße ein, in der Luise wohnt und hielt auf der gegenüberliegenden Straßenseite. Anders als in meinem Traum war das Haus hell beleuchtet. Wir unterhielten uns noch einen Moment, als plötzlich die Haustüre von innen geöffnet wurde. Mickey und ich sahen im selben Moment hinüber und unser Gespräch verstummte augenblicklich. Der Fettsack aus der Tanzbar und neuerdings auch der Hauptdarsteller meiner schweinischen Träume, trat heraus und ihm folgte Luise. Sie blieb vor dem Eingang stehen, lediglich im Morgenmantel bekleidet. Er drehte sich noch mal zu ihr um, sie küssten sich fast zärtlich auf den Mund und verabschiedeten sich. Der Dicke ging über den Hof in Richtung seines Wagens, kein BMW, sondern ein Porsche.

Ja, da wird das Bild rund, das passt doch gleich viel besser. Zudem stellt sich hier die berechtigte Frage, ob so einer nicht auch vielleicht auf Internet-Pseudonyme wie „Nimmersatter Rubensbrocken" anspringen würde. Womöglich ist der Typ nur einer von vielen und Luise ein waschechtes Internet-Juwel.

Mickey und ich schauten fassungslos auf das, was uns zu guter Letzt noch von dem Sack geboten wurde. Ein paar Meter vor seiner Scheißkarre und damit genau in unserem Blickfeld fasst die Sau sich in den Schritt, merkt offenbar, dass er da was vergessen hat und zieht sich genüsslich den Hosenladen zu. Rückt sich den Schwanz noch mal zurecht, steigt ein und brettert davon!

Wenn mich jetzt jemand wachgerüttelt hätte, wäre ich wirklich dankbar gewesen, aber dies war nun die harte Realität. Rückblickend auf die SMS von Mia und das Telefonat, das Luise und ich an diesem Nachmittag noch geführt haben, ergab jetzt auch alles einen Sinn. Ich rief Luise gleich nach dem Erhalt von Mias Nachricht auf dem Handy an. Sie sagte, sie stünde gerade vor ihrem Haus und unterhielte sich mit der Nachbarin. So eine miese Schlampe! Dank Mia wusste ich ja, wo sie wirklich war. Auf meine Frage, ob wir uns abends sehen, sagte sie, sie hätte einiges im Haus zu tun und müsste außerdem unbedingt ihre Steuererklärung fertig machen, so dass es besser wäre, wenn wir uns erst am nächsten Tag sehen würden, denn sie wolle sich ja dann auch ausschließlich auf mich konzentrieren! Verlogenes Drecksstück!

Klasse, immer diese Momente, in denen trotz aller Verdrängungen das Unheil an die eigene Tür klopft, wo man es sich doch lieber bei der Betrachtung des

Unheils der anderen gemütlich machen würde. Von derlei Erkenntnissen gepeinigt, war ich unfähig an meinem Artikel zu schreiben und fiel in voller Montur und total übermüdet auf mein Bett. Der Rest ist Geschichte. Mickey versuchte noch im Taxi, mich zu überzeugen, Luise sofort zur Rede zu stellen, aber was an dieser Stelle in meinem Traum passierte, war mir noch allzu präsent. Und im Gegensatz zu meinem träumenden Alter Ego bin ich nicht scharf darauf, im Sperma anderer herumzustochern. Echt nicht. Mir zog es den Boden unter den Füßen weg und weil das noch nicht reichte, lief im Autoradio zur Unterstützung meines kurz bevorstehenden Nervenzusammenbruchs auch noch „Summer of ´42", das Stück, das mich für immer an die erste Nacht mit Luise erinnern wird. In ihrem Schlafzimmer ist Klassik-Radio der einzig empfangbare Sender. Und wer den kennt, weiß, dass da schon mal Sachen laufen, die einer beginnenden Affäre eine gewisse Dramatik hinzufügen können.

Am selben Abend hat sie mich noch angerufen. Ich war noch nicht stark genug, nicht ans Telefon zu gehen, außerdem war ich wirklich gespannt, was es in Luises Märchenstunde diesmal so gab. Als ob nichts gewesen wäre, fragte sie, wie ich mit meinem Artikel vorankomme und ob ich sie vermissen würde. Sie sehne sich nach mir und sie habe Zweifel, ob es so eine gute Idee gewesen sei, diese Nacht zum ersten

Mal seit unserem ersten Treffen getrennt verbringen zu wollen. Da bin ich ausgetickt. Will heißen, dass ich einige sehr, sehr unschöne Dinge zu ihr gesagt habe. Und wie war mein abschließender Satz noch? Ah ja, dass sie beim nächsten Fick mit dem Dicken doch einen Schluck von seinem Sperma auf mich trinken solle! Dann habe ich aufgelegt. Seitdem bekomme ich täglich ca. 30 Anrufe, bei denen man es 40-mal klingeln lässt. Und für den Fall, dass jemand versucht, mich zu Hause anzutreffen, habe ich mich bei Mickey einquartiert. Was mir echt schwer fällt, denn wir haben beide vollkommen unterschiedliche Auffassungen von Hygiene und nach Hause zu kommen und Mickey vor dem Flurspiegel zu sehen, wie er im Frack und Zylinder zu Helen Schneider lauthals mitsingt … :

> „…Nur ein Blick, der dich tief berührt…
> …Nur ein Blick und schon bist du entführt…
> …Mit einem Blick zünd ich Feuer an…
> …Stumm zieh ich dich in meinen Bann…
> …Und die Leinwand wird zur Welt…
> …Nur ein Blick löscht die Jahre aus
> …komm zurück…
> …steh ich im Applaus…"

… das ist schon speziell! Aber ich werde mit dieser Frau nie wieder sprechen und wenn das Gebimmel nicht aufhört, lass ich mir ´ne neue Nummer geben. Auch wenn mir das verdammt schwer fällt, das gebe ich zu, denn Luise war – zumindest für diese paar Wochen – das Schönste, Intensivste und Unerklärbarste, das mir jemals in Gestalt einer Frau offenbart wurde. Sie fehlt mir. Weswegen ich es auch nicht lassen konnte, auf der besagten Dating-Seite nach einem gewissen „Nimmersatten Rubensbrocken" zu suchen. Ich wollte es mit eigenen Augen sehen. Aber alles was ich fand, war: „Das von Ihnen gesuchte Profil existiert nicht mehr".

Mein Handy klingelt. Heute erst zum ungefähr zweiundzwanzigsten Mal. Ok, wir beruhigen uns wieder. Ist nur Mickey:

»MAX, MAX!!! DU GLAUBST NIE, WAS MIR MIA GERADE ERZÄHLT HAT!!!«

»Wieso nicht?«

»Wir haben uns doch die ganze Woche gefragt, warum Tom sich nicht blicken lässt, nie Zeit hat, und vor allem: Warum er an „diesem" Abend, du weißt schon, über den du eigentlich nicht mehr sprechen willst … na, jedenfalls, warum er an diesem Abend seinen Begleitjob absagen musste!«

»Ja, und?«

»Halt dich fest! Besser noch, du setzt dich hin!«

»Mickey! Wenn du was zu sagen hast, dann sag's!«

»Der Schwachkopf hat sich Haare implantieren lassen!!!«

»Wie jetzt???«

»Jaaa, Haare! Auf'm Kopf! Neue Haare!!!«

»Red kein Scheiß!!!«

»Doch, kein Witz, Mia hat es auch erst heute herausgefunden. Sie hat sich auch gewundert, was mit ihm los ist. Dann ist sie hingefahren und der Typ hat erst geöffnet, nachdem sie das ganze Haus niedergeklingelt hat! Und was sie dann vorgefunden hat, na, sie meinte, wir sollten uns das am besten selbst ansehen. Live und in echt sozusagen! Was ist, kommst du mit???«

»Pff, soll das 'n Witz sein? Los, hol mich hier ab!!! Ich bin schon angezogen!!!«

DAS PHANTOM DER OPER

Tom geht nicht mehr vor die Tür. Nachdem er uns diese aber unter Androhung roher Gewalt wenigstens geöffnet hat, wissen wir auch warum. Auf seiner Stirn wächst etwas. Etwas, das vermutlich mal eine Beule war. Jetzt ist es ein Wasserball, der direkt über und zwischen seinen Augen sitzt. Ihm wurde Kochsalzlösung unter die Kopfhaut gespritzt, damit sich die Haut dehnt und der Chefarzt, der Medizin vermutlich in den Karpaten studiert hat, mehr Platz für die Haarwurzeln hatte. Dieses Wasser jedenfalls bahnt sich nun seinen Weg durch Toms Gesicht und wir wissen, warum er sich für zwei Wochen Urlaub nehmen sollte. Er muss Antibiotika gegen eine Infektion und Schmerzmittel gegen die Versuchung zu kratzen einnehmen. An den Kartons, die sich in seiner Küche stapeln, sieht man, dass der Pizzabote sein neuer bester Freund ist.

»Junge, was machst'n du für 'n Scheiß???« will Mickey wissen.

Tom schweigt.

»Sag mal, jetzt mal abgesehen davon, dass die Aktion so oder so äußerst fragwürdig ist, ist das doch sauteuer, oder? Hast du zuviel Geld?«

Tom zögert:

»Nein ... ich ... sagen wir mal so, ich kenne die Ärztin ganz gut.«

»NEIN!!! …« platzt es aus Mickey heraus. »… DU BUMST DIE ÄRZTIN???!!!«

So wollte ich das jetzt gar nicht gleich interpretieren, aber Tom meint daraufhin:

»Ja, sozusagen. Sie war mal ´ne Kundin und dann wurde halt mehr draus!«

Unglaublich, was dieser Tag so an Informationen bereithält!

»Ach, sieh mal einer an. Und ich nehme mal an, also … ich rate jetzt einfach mal so ins Blaue, aber kann es sein, dass die Dame weit über 40 ist?«

»Ähm … zugegeben … sogar ziemlich weit über 40.«

»Und ausgerechnet du hast mich wegen Monstermaid, ähm, wegen Luise angemacht!!!«

Tom kriegt einen mordsroten Kopf, der Ballon schwillt sichtbar weiter an und Mickey und ich treten synchron ein paar Schritte zurück.

»Ja, hey, es tut mir leid. Ich weiß auch nicht, was mit mir los war, aber es war halt so überraschend und dann auch noch die Nacht mit der Fetten aus der Tanzbar, das war einfach alles ´n bisschen viel. Tschuldigung.«

Mickey strahlt wie nicht ganz dicht und … ich muss zweimal hinsehen … aber wenn ich mich nicht irre, heult er gleich vor Freude.

»Mia hat mir erzählt, dass deine Luise herumrennt wie ein aufgescheuchtes Huhn und kaum ansprechbar ist. Sie hat sich schon überlegt, ob sie sich für eine Weile krankmelden soll, weil sie sonst den ganzen Ärger abkriegt.«

»Ja, ich weiß. Hat sie zu mir auch gesagt.«

»Was willst du denn jetzt machen? Wegen Luise, meine ich.«

»Was soll ich schon machen??? Die Sache ist gegessen! Du glaubst doch nicht, dass ich um eine Frau kämpfe, die mir die große Liebe vorgaukelt und schon nach ein paar Wochen mit einem anderen vögelt!«

»Vielleicht war's ja nur ein Versehen. Ein einmaliger Ausrutscher, oder so.«

»Ach so!!! Na dann, das ändert natürlich alles. Wenn es ohnehin nichts bedeutet hat, dann ist es ja nicht so schlimm. Das macht es doch gleich viel besser, wenn man wegen „nichts" betrogen wird! Wahrscheinlich war er nur zufällig bei Luise, ist „ausgerutscht" und zufällig mit seinem Schwanz in ihrer Muschi gelandet! Na dann! Das ist natürlich was anderes!!!«

Tom und Mickey schweigen.

»Außerdem würde ich jetzt auch gerne wieder über was anderes reden. Wie sieht's aus? Geh'n wir ins Lemon Drop?«

Mickey nickt zustimmend, Tom aber hyperventiliert:

»Spinnt ihr??? Ich bin Quasimodo. Ich geh nirgends hin!!!«

Was letztlich half, war das Foto, das ich mit seinem eigenen Handy von ihm geschossen habe. Und die Androhung, selbiges an alle Kontakte im Adressbuch seines Telefons zu schicken, sollte er uns nicht begleiten.

MENSCHLICHES, ALLZU MENSCHLICHES

Mickey und ich sitzen mit einem Klon aus Humphrey Bogart, Stevie Wonder und einem ausgesprochen hässlichen Grottenolm im Lemon Drop. Das Schlimmste verdecken der Hut und die Sonnenbrille zwar, aber na ja …

Da stürzt Mia herein:

»MAX, MAX!!! DER TYP, DU WEIßT SCHON, DER FETTSACK, DER SUCHT DICH!!! DER IST AUF DEM WEG HIERHER!«

»WAS???«

»JAAA, DER HAT MICH GERADE AUF MEINEM HANDY ANGERUFEN, NACHDEM IHM DEINE LUISE MEINE NUMMER GEGEBEN HAT! GIBT DEM EINFACH MEINE HANDYNUMMER, ALSO ECHT!!! …«

»Jetzt beruhig dich erst mal!!!« versucht Mickey sie zu besänftigen.

Woraufhin Mia plötzlich feststellt, dass der Glöckner von Notre Dame auch an unserem Tisch sitzt und an ihrem Gesicht sieht man deutlich, dass sie im Moment nicht so recht weiß, ob es zwischen Bruder und Schwester eine gewisse Verhaltensetikette für derlei absurde Situationen gibt. Unter Aufbringung größter mentaler Anstrengung unterdrückt sie den Lachkoller ihres Lebens und konzentriert sich auf die aktuelle Misere. Was mich zu meiner nächsten Frage bringt:

»MIA!!! WAS JETZT???«

»Äh … ja … also, jedenfalls hat der mich gefragt, wo er dich findet. Und … na ja, ich war so durcheinander … da hab ich's ihm gesagt. Tschuldigung.«

»Klasse. Vielen Dank, Mia. Nicht nur, dass ich diese ganze Scheiße ohnehin dir zu verdanken habe, nein, jetzt musst du die Duellanten auch noch zusammenführen! Ich sag's dir, was immer du beruflich noch machen willst, aber wenn es etwas mit der Zusammenführung von Menschen zu tun hat, dann lass die Finger davon, sonst wirst du eines Tages abgestochen in einer Seitengasse enden!!!«

Mia schluckt, setzt sich hin und schweigt fortan.

»Was willst du denn jetzt machen, Max?« fragt mich Mickey aus gutem Grund.

»Das kann ich dir sagen: Wenn der Typ hier reinkommt und mir so nahe ist, dass ich das Weiße in seinem Auge sehen kann, dann tut's einen dumpfen! Der erste, spätestens der zweite Schlag wird sitzen. Und der Satz „Der Letzte macht das Licht aus" wird ab sofort eine vollkommen neue Bedeutung haben!«

Draußen parkt ein Porsche ein. Der Eintänzer steigt aus und kommt resoluten Schrittes ins Café. Er geht an die Theke und spricht mit dem Keeper. Welcher mit dem Finger direkt auf mich zeigt. Der Dicke überlegt nicht eine Sekunde und stürzt von einer, ich möchte mal sagen, eigenartigen Motorik unterstützt auf unseren Tisch zu. Meine rechte Hand ballt sich zur Faust, grundsätzlich mein körpereigener Verstärker, der denjenigen meiner Argumente Nachdruck verleiht, die von Haus aus eher schwach auf der Brust sind, aber in diesem Fall …

»Ach, Sie sind also Herr Sturm, jaaa??!!! Die ganze Woche bin ich schon auf der Suche nach Ihnen!!! …« sagt er mit einem seltsamen, fast beleidigten Unterton.

»… wir haben dringend was zu besprechen … aber zuerst … entschuldigen Sie mich einen Moment, ich muss schon seit einer Stunde aufs Klo! Bin gleich wieder da! Laufen Sie bloß nicht weg!!!«

»Was glaubst du, will der denn von dir?« fragt mich Mickey.

»Was weiß ich! Wahrscheinlich hat der Grobmotoriker mitbekommen, dass Luise dauernd versucht, mich anzurufen und will mir jetzt mitteilen, dass er ab sofort ihr neuer Macker ist und ich, sofern ich nicht eines Tages als Leiche aus dem Fluss gefischt werden will, gefälligst die Finger von ihr lassen soll! So was in der Art.«

Während wir warten, überlege ich, wie ich in der Kürze der vorhandenen Zeit noch jemanden auftreibe, der mir schnell mal ´ne Knarre verkauft, aber da fällt mein Blick auf die Flasche, die auf unserem Tisch steht. Eine der wenigen intelligenten und praktischen Lebensmittel-Verpackungen, die man nach Leeren des

Inhalts noch als Schlag- oder Wurfinstrument einsetzen kann. Wegen der Härte ihres Materials übrigens auch völlig zu Unrecht als Bezeichnung eines schlaffen Menschen gebraucht.

Der Dicke kommt zurück und bahnt sich seinen Weg durchs Café. Und was jetzt kommt, glauben wir alle kaum: Er kommt direkt auf uns zu, fasst sich in den Schritt und zieht sich den Hosenladen zu!!! Mickey und ich erleben ein Flashback der besonderen Art. Der Dicke hat bemerkt, dass wir das gesehen haben und überspielt es verlegen.

Hm. Meine Stirnfalten glätten sich, die Fangzähne fahren wieder ein und meine Faust entspannt sich ein wenig.

»Wenn ich mich kurz vorstellen darf: Herbert Mangold, Bauunternehmung Mangold. Luise hat mir von Ihnen erzählt. Genauer gesagt, von Ihnen und Ihren Plänen mit dem kleinen Hotelgebäude in der Chopingasse ...«

Also ... in meinem Kopf läuft gerade ein Film ab, den selbst der zugekiffteste MTV – Video – Clip - Regisseur nicht schräger hätte drehen können. Und da geht es nicht nur mir so. Lediglich Mickey ist klar genug im Kopf, um ein paar nicht ganz unwichtige Fragen zu stellen:

»Mangold? ... Mangold? Und ... Sie waren doch letzte Woche bei ... und sie war im Nachthemd! ...

und Sie haben sie geküsst! … aber was zum Geier …?«

Der Dicke lacht sich 'nen Ast, erschrickt dann aber heftig, da Toms Sonnenbrille von der immer noch größer werdenden Schwellung von der Nase gedrückt wird.

»Mensch, Luise ist meine Schwester!!!« wendet er sich irritiert wieder an Mickey und mich. »Deswegen bin ich auch hier. Sie haben ja weder meine noch ihre Anrufe entgegen genommen. Sie hat mir von Ihrem Telefonat und den Vorwürfen erzählt und wir haben schon die ganze Woche versucht, das aufzuklären, aber Sie waren ja wie von Erdboden verschluckt!!!«

Würde man jetzt versuchen wollen, meinen momentanen Geisteszustand zu umschreiben, wäre man mit „gaga" auf der richtigen Spur. Aber Luises Bruder (ich fass es nicht, ich habe mich schon so an Fettsack und Schweinchen Dick gewöhnt!) erzählt weiter:

»Letzte Woche war ich mit Luise verabredet, weil sie mir im Detail von dem Hotel und Ihren Plänen damit berichten wollte. Eigentlich wollten wir das schon beim Mittagessen besprechen, aber noch bevor wir ins Lokal kamen, musste ich dringend zurück ins Büro. Deshalb haben wir es auf abends verschoben und da ich auch da leider viel zu spät aus dem Büro kam, dachte Luise wohl, ich komme überhaupt nicht mehr und war schon drauf und dran, ins Bett zu gehen. Und in der Montur haben Sie sie dann wohl

gesehen, als sie mich an der Haustüre verabschiedete.«

Und wieder ist es Mickey, der eine gute Frage
stellt:

»Ähm, und es kann nicht zufällig sein, dass Sie bei
Luise noch kurz auf der Toilette waren, bevor Sie gegangen sind???«

Der Dicke überlegt kurz:

»Äh, ja genau! Ach … wegen … ach herrje, das haben Sie auch gesehen??? Ok, dann kann ich allerdings
verstehen, dass Sie das in den falschen Hals bekommen haben!«

»Immer noch besser, als wenn Luise was Falsches
in den Hals bekommen hätte!« findet Mickey völlig zu
Recht!

»Na, jedenfalls, jetzt, nachdem das hoffentlich geklärt ist …« fährt der Dicke fort, »… wäre es schön,
wenn wir uns wegen dem Hotel mal in Ruhe zu-
sammensetzen könnten. Ich habe mir das Gebäude
angesehen und finde, dass man daraus wirklich etwas
machen könnte. Ich selbst würde allerdings die Rolle
des stillen Teilhabers bevorzugen. Was vermutlich
auch ganz in Ihrem Sinne wäre, oder nicht?«

Also, würde ich das Gefühl beschreiben wollen,
das jetzt gerade in mir und um mich herum vor-
herrscht, dann ist das ungefähr so, als ob du am Ab-
grund stehst und unten das Glück siehst, wie es dich
mit dem Zeigefinger herunterlockt, und du springst

und siehst plötzlich unten nur noch spitzes Fels-
gestein, und du schaust im freien Fall verunsichert
zurück und siehst oben, wo du eben noch gestanden
hattest, dasselbe Glück mit einem hämisch breiten
Grinsen dir nachwinken.

Ein großes Missverständnis also. Ähnlich dem, als
Thomas Hobbes sein berühmtes Homo homini lupus
aufbrachte. Da erhob sich ein erderschütterndes,
mondanheulendes Wehklagen unter den Wölfen, die
des Lateinischen nur in mangelhafter Weise mächtig
waren und den Satz genau andersherum verstanden
hatten: Der Wolf ist den Wölfen ein Mensch. Daraufhin ging der große Philosoph in den Wald und klärte
mit begütigenden Worten das Missverständnis auf.
Tief beeindruckt leckten die Wölfe ihrem Ehrenretter
dankbar die Hände und versprachen ihm einhellig,
ihn künftig gegen seinesgleichen zu verteidigen. So
wurde Thomas Hobbes in unruhigen Zeiten über 90
Jahre alt.

EPILOG

Tom hat wieder mal einen feinsinnigen Moment, schielt irgendwo zwischen dem Wasserbollen und seiner Sonnenbrille hindurch und will unbedingt wissen:

»Was ist denn mit dir los? Du bist ja immer noch so stinkig! Jetzt ist doch alles in Butter. Also, was stimmt nicht mit dir?«

»Wieso denn? Was soll denn bitte nicht stimmen???«

»Oh Gott, Max. Jetzt sag schon!?«

»Also … ich meine … wenn überhaupt … also … falls ich einen Grund hätte, stinkig zu sein … dann vielleicht, weil ich immer noch nicht weiß, WIESO DU ES MIT ILSE GETRIEBEN HAST???«

»Ach, du Scheiße, Max! Ich hab nie gesagt, dass ich es mit Ilse getrieben habe, klar?«

»Äh … WAS?«

Mickey sitzt währenddessen da, säuft Latte Macciato, als gäb's morgen keine mehr und kann auch ansonsten kein Wässerchen trüben.

»Ich frage noch mal: WAS?«

»Na ja, ich glaube kaum, dass du gehört hast, wie ich gesagt habe, dass ich es mit Ilse getrieben hätte. Weil ich das nämlich nie gesagt habe. Was wiederum daran liegt, dass ich es nie mit Ilse getrieben habe.«

Meine Augenlider fangen an zu zucken. Wie immer, wenn ich was nicht verstehe.

»Also ... du willst mir ernsthaft erzählen ... dass du nicht ... also ich meine ... du nicht ... aber unser Schauspieler hier schon ... aha ... aber ... aber wieso hast du dann beim Notar eine dermaßen rote Birne gekriegt? Also, wenn ich es mir recht überlege, hast du ganz schön schuldig ausgesehen!«

»Was lediglich daran lag, dass ich wusste, dass Mickey es mit Ilse getrieben hat. Ich habe ihm immer gesagt, er soll es dir erzählen, aber du kennst ja unseren Künstler. Wenn der was angestellt hat, kommt es immer im ungünstigsten aller Augenblicke ans Licht!«

Mickey weiß nicht so recht, wie im Augenblick die korrekte Verhaltensweise wäre, um nicht aufzufallen, und deshalb saugt er heftig an seinem Strohhalm, fest entschlossen, der Latte den Garaus zu machen. Und was mich angeht, na ja, Verwirrung!

»Ok, ok, also Rain Man hier war erst nach mir an der Ilse dran und du wiederum überhaupt nicht. Was dann ja wohl bedeutet, dass ich keinen Grund habe, noch länger auf euch sauer zu sein!«

»Jetzt bist du auf'm Schirm, Alter! Und ehrlich gesagt, vielleicht wäre es angebracht, die Toten endlich ruhen zu lassen? Ich würde mich gerne langsam wieder auf die Lebenden konzentrieren. Auf meine Ärztin zum Beispiel.«

»Ja ja ja. Ich versteh dann bloß nicht, warum Ilse uns allen dreien diese Bruchbude vermacht hat. Oder warum überhaupt einem von uns???«

»Vielleicht kannte sie uns einfach besser als wir dachten, und wusste, dass wir das, wenn überhaupt, bloß zu dritt hinkriegen. Was weiß denn ich?! Vielleicht hat sie sich auch einfach gar nichts dabei gedacht. Oder was ganz anderes. Herrje, sie war ´ne Frau …«

»Tzzz, WEIBER!!!« röhren wir im Trio und ich glaube, selten war uns die unabänderbare Tatsache so präsent, dass mit denen definitiv was nicht stimmt. Gut, diese Information ist jetzt im Kern nicht gerade aufsehenerregend, aber ärgerlich dennoch und zwar weil vermeidbar. Hätte da am Anfang einer besser aufgepasst, wäre vielleicht alles anders, respektive besser, gelaufen. Die Scheiße fing nämlich gleich mit Eva an. Da hätte Gott sofort die Produktion einstellen müssen! Aber klar, wenn die Weiber „Baum der Erkenntnis" hören, dann stehen sie natürlich in der ersten Reihe! Da wird man auch nicht stutzig, wenn einem der Apfel von einer Schlange gereicht wird, nein! Wenn die hören, dass es da was zu wissen gibt, von dem sie noch nicht wissen, was es ist, dann müssen sie auf jeden Fall wissen, was es da zu wissen gibt und dafür würden sie dann auch alles tun. Auch in den Apfel beißen und damit dem lieben Gott so richtig vor den Koffer scheißen!

Und was macht der? Spielt die Mimose und sagt, „Pff … pfff … blöd, blöd … jetzt guckt mal selber wie ihr klar kommt!" Supertyp, oder? Das ist ja so, als ob die Kinder Torben und Sören bei Ikea eine Schrankwand umkippen, dabei drei Leute töten und die Eltern Phillip und Carola mit der Gelassenheit eines chronisch Bekifften sagen: „Also wirklich, euch beide kann man aber auch nicht für einen Moment alleine lassen!" Da hätte es damals auch nichts genützt, wenn Adam zu Gott gesagt hätte: „Aber die Eva war's! Ich schwör's! Ich hab ihr gleich gesagt, glaub dem Vieh kein Wort!"

Und jetzt, ziemlich viel später, sitzen wir hier und dürfen uns mit den Spätfolgen rumschlagen!

»Aber sonst habt ihr Jungs keine Leichen im Keller, oder? Ich meine, wenn ich in Zukunft in der Stadt eine Frau treffe, die ich mal gebumst habe, muss ich mich nicht jedes Mal fragen, ob einer von euch da auch drin war, oder?«

»Nee du, echt nicht! Ich denke mal, bei den Frauen, die du so bumst, brauchst du dir generell keine Sorgen machen, ob da sonst noch jemand drin war!«

Das stimmt.

»Sag, Tom, was iss'n die Ärztin für eine? Kein Foto dabei?« will Mickey wissen.

Tom zieht seinen Timer raus und legt uns ein Foto auf den Tisch. Scheint ihm fast ein wenig peinlich zu sein.

»Jaaa, ich weiß, ist eigentlich die typische Kundin, und das war sie ja auch mal, früher, aber hey, die ist echt heiß. Und es war auch gar nicht so einfach, die zu kriegen. Also, so richtig, für was Festes, mein ich. Hatte wohl vor mir schon mal kurz was mit ´nem Jüngeren und der hat sie wohl ziemlich übel abserviert.«

Ja, was soll ich sagen? Ich weiß nicht, wie's den andern beiden geht, aber – von dem Foto abgesehen – ist zumindest meine Welt wieder in Ordnung. Aus den Lautsprechern über uns swingt Joss Stone zusammen mit Mick Jagger den Song „Alfie" und ich mache gleich das, was ich längst hätte tun sollen. Ich gehe zu Luise. Mich entschuldigen. Eine Flasche Sekt, ein Dutzend Rosen und mein Körper, so wie Gott ihn schuf, dürften dabei helfen, den Dingen gelassen, gleichsam als Routinier ins Auge zu blicken. Und das Wichtigste wäre dann damit wohl bis hierhin auch geklärt. Und dass Tom und ich jetzt quitt wären, wenn er Ilse gebumst hätte, nein, das muss er nicht wissen. Ich muss einfach nur dafür sorgen, dass er sich bald wieder von seiner Ärztin trennt.

Die Frau auf dem Bild ist nämlich Undine.